もう当て馬になるのはごめんです！

～元悪役令嬢、破滅エンドを回避する～

人物紹介
Characters
ノア
伯爵家ではなくエミリア
個人に仕えている、
元冒険者の
有能執事。
ノアール
学園入学後から
エミリアの傍にいる侍女。
その正体は……
エミリア・
グランデ
伯爵令嬢。
散々だった『前の人生』を
繰り返すまいと
奮闘している。

イブリア・
ゼンペリオン
エミリアの友人。
公爵令嬢で、王太子の
婚約者でもある。
ダルス・
グランデ
エミリアの異母弟。
口も態度も悪いが、
姉のことを気に
かけている。
クレア・
バートン
エミリアの友人。
騎士の家系の娘で、
本人も短剣を扱える。
イーサン・
ケンジット
エミリアの婚約者。
ろくな交流もないまま、
エミリアに
冷たくあたる。
シンシア・
ミシェル
イーサンの恋人。
一部の男子生徒から
熱狂的な人気を誇る。

プロローグ

濃い朝霧が立ち込める船着き場で、霧のせいで顔が見えない背の高い青年が寂しそうに笑った気配に、胸の奥が痛むのを感じた。

「君が困っていたら、必ず助けに行くから」

言葉とは裏腹に、青年の声から、彼と顔を合わせるのはこれが最後なのだと本能が告げる。

喉元まで出かかった「一緒に連れて行って」という言葉は、青年にも自分の隣に立つ夫に対しても失礼だと思い、喉の奥へ呑み込んだ。

今の自分には、主から任された重要なお役目がある。

気の遠くなるほどの長い時間、世界を旅することになるだろう青年と一緒には行けない。

溢(あふ)れそうになる涙を堪(こら)えるため目蓋を閉じて、僅(わず)かに膨らんだお腹に手を当てる。

「私たちは、この地で貴方のご無事を祈っています」

無理矢理作った笑顔はひどく歪んでしまったけれど、青年は「ありがとう」といつもと変わらない優しい笑みを返した。

重たい目蓋を開けば目尻から涙が零れ落ちる。

手の甲で目元を拭い、ベッドに横になっていた女性――エミリアは息を吐いた。

「また、この夢……」

この最果ての地に建つ修道院へ来た日から、時折見るようになった不思議な夢。

「夢の中で、一緒に連れて行って、と彼に言えたら何かが変わるのかしら？」

声に出して、エミリアは自嘲の笑みを浮かべる。

所詮、夢は夢。仮に夢の中の未来が変わるとして、現実で何かが変わることはない。まだ王立学園に通っていた頃、三年前のあの時に自分の運命は決まってしまったのだから。


世界の中でも安定した気候の中央大陸の更に中央、森林と山脈に囲まれ、建国の祖である聖女の加護を与えられし、レティシア王国。

王都にある王立学園で生徒達が一番盛り上がる、生徒会主催の学園祭の日のことだ。

後夜祭が行われる会場手前の中庭で、とある女子をエスコートしていた赤い髪をした男子は突然歩みを止める。

女子の手を自分の腕から外し、男子生徒は何事かと戸惑う彼女から距離を取った。

「イーサン様？」

男子の名が呼ばれた時、木の陰から桃色の髪をした女子が姿を現す。

桃色の髪の女子は、髪と同じ桃色のドレスの裾を翻(ひるがえ)してイーサンの側へ駆け寄った。

「エミリア、君と共に歩めるのは此処までだ」

敵意と嫌悪感を露わに、厳しい顔つきになったイーサンに桃色の髪の女子が寄り添う。

彼女が着ているドレスに、エミリアと呼ばれた女子は大きく目を開いた。イーサンが贈ってくれた自分のドレスと、ほぼ同じデザインで違うのは生地の色だけだと気付いたからだ。

「今夜は君をエスコートすることが出来ない」

「シンシア嬢、何をなさって……？　それにイーサン様、エスコートすることが出来ないとは、どういうこと、でしょうか？」

イーサンに寄り添うのはシンシア・ミシェル男爵令嬢。問いかけてはいるが、答えを聞かずとも二人が親密な関係なのだと分かり、エミリアは眩暈がしてきた。

エミリアが着ているドレスは試作品だったのだろう。シンシアが着ているドレスに使用されている宝石の差で理解できる。

「君が直接手を下したわけではないが、弟のダルス・グランデによるシンシアへの嫌がらせは悪質と判断された。弟を諫めることもせず、シンシアを庇うこともしなかったエミリア・グランデとの婚約は、今この場で破棄させてもらう。そして、君は弟の愚行の責任を取らなければならない」

「……分かりました」

イーサンから告げられた婚約破棄宣言。予想はしていたが、ショックを受けないわけではない。

彼の背中に庇われたシンシアを見ることも出来ず、震え出す体を抑えるために、エミリアは両手に力を入れて握り締めた。

（弟を止められなかった私を退学させて、イーサン様はシンシア嬢と幸せになるのね。イーサン様のご実家も、私の過失による婚約破棄という形にすれば、莫大な違約金を受け取れる）

あくまで金銭と地位、互いの利用価値で結ばれた婚約であって、エミリアへの情は微塵もないらしい。

エミリアの喉から乾いた笑いが漏れる。

シンシアが数多の男子生徒を魅了しているのも、イーサンとも距離を縮めていたことも、お節介な友人達から聞いて知っていた。だが、同じ学園に通っていてもほとんど交流を持っていない、腹違いの弟が行っていた付きまとい行為は、学園祭三日前まで知らなかった。

学園祭を一緒に回ることを断られて激昂し、シンシアを恫喝した愚弟は、弁解の余地すら与えられず学園長から退学処分を言い渡された。ダルスが何をしてしまったのか、エミリアが知ったのはその時だ。

会場を去ったエミリアは、そのまま学園長に呼び出された。自主退学勧告だ。

ダルスは自業自得でも、「弟の愚行を制止しなかった」と、エミリアも共に同じ罰を処されるのは納得出来ない。弟妹の愚行は長子が諫めるのが貴族のマナーだと言われ、婚約者のいる相手と恋人になるのは、マナー違反じゃないのかと学園長に問いたかった。

しかし、マナー違反でも、生徒会の一員であるイーサンには幼馴染みの王太子、王宮騎士団長の父親という後ろ盾がある。悪党姉弟のおかげで、イーサンは可哀想な女子を守る騎士として恋物語の主人公となり、学園内、貴族内で恋人関係を認められるのだ。

（私の訴えなど誰も聞こうとはしないわね。私とダルスは悪役なのだから）

婚約破棄を了承し、自主退学も受け入れた後、その日のうちにエミリアは荷物を纏め、逃げるように領地へ戻った。

婚約破棄と暴行未遂による多額の慰謝料の支払いのため、実家の財政は切迫していった。

追い打ちをかけるように、領地を襲った干ばつと大規模の山林火災により水源である湖の水が枯れ、作物が不作となり領民達が反乱を起こす。

屋敷が領民達に襲われている混乱の中、着の身着のまま脱出したエミリアは、一人で各地を転々とした末、最果ての地にある寂れた修道院へ流れ着いた。


最果ての地へ流れ着いた二年後。

王都では王太子の結婚式が行われたと旅人から聞いた。

王太子妃となったのは、王太子の婚約者だった公爵令嬢ではなく桃色の髪の男爵令嬢だという。

イーサンに寄り添っていたシンシアの外見と、珍しい桃色の髪をした王太子妃の外見は一致する。

イーサンはどうしたのかという疑問が浮かぶが、エミリアは首を振ってすぐに消した。

何が起きたのか知る伝手も想像する余裕もエミリアには残されてはいない。病に蝕まれ、やせ細った体は、最果ての地の冬を乗り越えることは出来ないだろう。

（私の命は、どうやらここまでのようね）

急速に視力が失われていく中、ほのかに甘い薔薇の香りを感じた。

王都がある中央に比べて、香りの強い鑑賞用の花は育ちにくい。

ここ二日間、水分しか口に出来ずにいたため、脳内に十分な栄養が行き渡っておらず、視覚と一緒に嗅覚までおかしくなったのか。

（それとも、あの人が来てくれた？）

魔力量が少ないエミリアでも分かるほど、強い魔力を持っていたあの人が「最後の餞に」と花束でも持ってきてくれたのだろうか。

異国を旅した話や遥か昔の御伽噺を聞かせてくれたあの人。

次に自分が修道院へ戻ってきたら、一緒に旅をしようと言ってくれた優しい旅人。

硬い木のベッドに横たわり咳き込んでいたエミリアは、口元を覆っていた手を退けてゆっくりと顔を動かした。

「きて、くれたの、ですね」

一人で逝くのは寂しいと、ベッドの上で涙を流していたのが伝わったのか。

今際のきわに駆け付けてくれただろう人物に向けて、エミリアは力の入らない腕を伸ばし微笑んだ。

視界全てが真っ白な光で覆われ、エミリアは意識が消えてなくなる感覚を覚えた。

これが『死』というものなのだろう。

全てが消えゆくと思った瞬間、あたたかい何かに包まれる感触がして……エミリアの意識が一気に覚醒した。

＊＊＊

「……エミリア、どうした？」

聞き覚えのある、しかし、聞こえるわけがない声にエミリアはハッと顔を上げた。

「え？」

「お父様……？」

顔を上げて見えた照明器具と周囲が明るいのに驚き、次いでオリーブ色の髪を後ろへ撫でつけた男性の顔を見て、悲鳴を上げかける。

領民の反乱により屋敷から引きずり出され処刑された父親と、愛人の裏切りにより逃走先で追手に捕まった継母の生きている姿に大きく目を見開いた。

此処は何処かと周囲を見渡し、エミリアはさらに混乱していく。

雪を降らす重たい灰色の雲どころか、空模様を確認するためのヒビが入った硝子窓さえない。周囲の壁も、煤と埃でくすみ隙間風が入る石の壁ではなく、魔石が混ぜられた壁材の壁だった。

自分が立っていたのは、病に伏せって横になっていた殺風景な部屋とは全く違う場所。

以前住んでいた屋敷の中、特別な賓客用の応接間へと続く廊下だったのだ。

「今更、顔合わせに怖気付いていているのか？　お前は黙って愛想笑いでもしていればいい」

冷たい目で自分を見下ろす父親、派手な扇を口元に当てている継母を、エミリアは呆然と見る。

（……お父様とお義母様？　どうして、二人が生きているの？）

処刑されたはずの両親は記憶にある姿よりも若く、自分よりもずっと背が高い。

「顔合わせ」とは何のことかと記憶を探り、幼い頃父親が無理矢理取り付けた婚約者との顔合わせのことだと思い当たった。

これは今際のきわに見ている走馬灯かもしれないと、エミリアは自分の頬を抓(つね)る。

（痛い。では、これは夢ではない？）

「早く行くぞ。ケンジット侯爵をお待たせするわけにはいかない」

廊下を歩いた先、先導する執事が天井近くまである両開きの扉を開く。

「失礼いたします」

入室の挨拶を告げた執事が横に動き、見えた応接間の光景にエミリアは息を呑んだ。

（……そんな、これは）

天井、壁、部屋の至る所に細かな装飾が施された応接間には最高級のテーブルと椅子が置かれ、大きな花瓶に大輪の薔薇(ばら)が活けられていた。

椅子に座るのは、一見して階級が高いと分かる軍服を着て、燃えるように赤い髪を短く刈り込んだ、厳めしい顔つきの男性。

男性の両隣は黒に近い灰色の髪と藍色の瞳の上品なドレスを着た貴婦人、そして男性と同じ色の赤い髪をした活発そうな少年だった。

（この方達は……でもイーサン様は私の一つ年上だわ。なのに、幼い姿になっている？）

ふと、応接間の棚の上に置かれた大きな花瓶が目に入った。

曇りひとつなく磨きあげられた黒色陶器の花瓶は、鏡のように自分の姿を映し出してくれる。

花瓶の表面に映るのは、腰まである山吹茶色の髪を大きな髪飾りで結いあげ、水色のドレスを着た可愛らしい少女の姿だった。

幼くなっている自分の姿に驚き、エミリアは翡翠色の瞳を丸くして固まる。

(夢、じゃない？　まさか、過去に時が巻き戻っているというの!?　どうして？)

「エミリア、ご挨拶しなさい」

「エミリア・グランデ、です」

父親に促されたエミリアは、震える手でドレスの裾を持ち会釈をしながら乾いた唇を動かす。

久しく名乗っていなかった家名を言った声は幼く、混乱と緊張から掠れていた。


聖女を建国の祖とするレティシア王国。多くの貴族は聖女の血を受け継ぎ、個人差はあるものの魔力を持って生まれてくる。

それ故か、他国に比べ貴族と王族との繋がりは強く、貴族社会の規範から外れた者達は目立つ。

貴族の中では珍しく聖女の血筋ではないグランデ伯爵家の評判は、領地の特産品である上質な絹織物と真逆だと、社交界では有名だった。

前妻が死去した後、グランデ伯爵が後妻に迎え入れたのは平民で、新しい妻との間には前妻との間に生まれた娘と同じ年齢の息子がいたからだ。さらに、王家から任されている王国の水源となる湖の管理を怠（おこた）っていたことも前後して発覚し、グランデ伯爵家に対する評判は下降していった。

（虚栄心が高い伯爵と贅沢を好む夫人。引きこもりの娘、我儘で肥え太った息子、最悪な一家ね）

婚約を破棄され逃亡の末、最果ての修道院で病に倒れ幕を閉じた前のエミリアの記憶。

命を落とした記憶を持ったまま、九歳のエミリアへ巻き戻っていたのは何故なのか。

記憶の混乱から顔合わせを終えた夜に高熱を出し、どうにか熱が下がってきた二日後の深夜、力の入らない体を叱咤してベッドから抜け出したエミリアは、メイドに用意してもらった真新しい日記帳に破滅への記憶を書き記すことにした。

（契約上の婚約でも、前の私は素敵な婚約者が出来たと喜んでいた。でも、今なら分かる。この婚約は、ケンジット侯爵の事業を援助する条件として、お父様が無理矢理進めたもの。前の私は仲良くなろうと努力していたけど、最初から嫌われていたのなら上手くいくわけないわ）

込み上げてきた笑いで、エミリアは小刻みに肩を震わせる。

グランデ伯爵家を格下だと完全に見下していたケンジット侯爵はエミリアと視線を合わせなかったし、イーサンは始終エミリアを睨み、侯爵夫人は愛想笑いすらしなかった。経済的な困窮さえなければ、資産はあっても悪名高い伯爵家より、他の高位貴族との繋がりが欲しかったに違いない。

（望まない婚約をさせられた可哀想なイーサン様。他のご令嬢に惹かれても、仕方ないわね）

自分との婚約を望んでいなかったイーサンは、前と同じように男爵令嬢に惹かれてエミリアと婚約破棄するのだろうか。

顔を両手で覆い、一部朧（おぼろ）げになっている記憶を探る。

冷静に考えれば考えるほど、エミリアはイーサンとシンシア嬢の仲を邪魔する、物語でいう恋のスパイス、当て馬の役割だったのだと理解した。

せっかく時間が巻き戻ったのに、また政略結婚の道具として父親から利用されるのも、イーサンの恋を盛り上げる当て馬にされるのも、ダルスと一緒に退学させられて破滅するのも御免だ。

イーサンとの婚約は、すでに両家の間で結ばれてしまった。

破滅を回避して生き延びるためには、貴族の地位を剥奪されても生きる術（すべ）を得ること。この国では地位も知識も不問とされる職業といえば冒険者だが、生活が不安定過ぎる。安定した生活を送るには、知識がものを言う職に就くか地位にとらわれない後ろ盾を得る事と、万一のためのまとまった金銭が必要だと、前の経験で分かっていた。

「今の私に必要なのは、知識と人脈ね。特に知識は、勉学だけでは得られないものも身につけたほうがいいわ。よし、頑張ろう！」

自分の頬を両手で叩いたエミリアは、破滅回避に向けて行動することを決意した。


翌日、ベッドから飛び起きて身だしなみを整えたエミリアは、寝込んでいる間、一度も見舞いに来なかった父親の書斎へ向かった。

突然やって来た娘に対して露骨に嫌な顔をする父親へ、エミリアは一枚の写真を取り出す。

「お父様、最近この方と親密にしているらしいですね。お義母様はこのことをご存じなのですか？」

「な、何故、お前がそれを!?」

「お父様が答えてくださらないなら、私も答える気はございません。お父様に相談があってここに来ました。相談に乗っていただけますか？」

父が最近熱を上げ愛人扱いしている若い舞台女優のことを継母に知らせると脅迫し、顔色を悪くした父親から別邸の使用許可を得る。

前のエミリアは、家族から冷遇されていても我慢していたが、今のエミリアは違う。

自分を見下す人達には期待せず、まずは自分が動かなければ何も変わらないと知っている。

信頼できるメイドと一緒に少しずつ自室から別邸へ荷物を運び入れ、一月後には本邸から別邸へと移り住んだ。

うるさい継母とダルスに関しては、再度父親を脅して防波堤となってもらった。舞台女優以外の愛人へ送るつもりだったラブレターを、エミリアが簡単に見つけられる場所に置いていたのが悪い。

（まずは、学園入学前試験で必要になる一般教養と、お父様の代わりに領地経営を行えるよう、経営学に関する勉強をしよう）

すべきことを手帳に書き出し、一つずつエミリアは実行していく。

愚弟の尻を叩くという名目で、家庭教師から剣技と魔法の授業を受けられるようにしてもらい、前のエミリアが苦手としていた勉強も真面目に受け、知識を得る。

代々グランデ伯爵家当主が任されていたにもかかわらず、父親が怠（おこた）っていた水源の管理も、父親の不正を見つけて脅迫し、管理者の名前をエミリアに変更させた。

（次は、屋敷内の味方を作らなければならないわ。昔からの使用人はお義母様のことを快（こころよ）く思っ

ていないはずよ）

古くから仕えていた使用人達は、「気に入らない」と難癖をつけた義母が既に解雇していた。彼らの行方を一人ひとり調べ上げ、エミリア自ら彼等の元を訪ね歩いて頭を下げて、別邸の使用人として戻ってもらった。

本邸の使用人も、継母に不当な扱いを受けていた使用人達と積極的に関わるようにして、伯爵家内で徐々に味方を増やしていく。

（屋敷外の味方を作るなら、冒険者ギルドね。子どもの姿なら、警戒されないはずだわ）

領民からの評判の悪いグランデ伯爵の令嬢だとギルド職員に分かるよう、あえて下手くそな変装をして、彼等に同情されるように計算した台詞を考え、何度もギルドへ通った。

屈強な冒険者達にも怯えず話しかけ、見た目は強面の大男だが子ども好きなギルドマスターの信頼を得ることに成功する。

定期的に水源の湖へ冒険者を派遣してもらえるように契約をして、数年後領地を襲うだろう干ばつ被害が最小限になるようにした。

家族から冷遇されているエミリアの状況を知ったギルドマスターと、ギルドに所属する冒険者達は挙って彼女に手を差し伸べた。

年端のいかない少女が、知識と味方を増やそうと奔走する姿は多くの大人達の心を動かしていき、一年後には伯爵家内外の人材がエミリアの周囲に集まっていた。

一章　不穏な予感がする二度目の学園生活の始まり

巻き戻りを自覚してから六年の月日が流れ、エミリアは十五歳になった。

「お嬢様、たまには奥様が開かれているお茶会に参加するのはどうでしょうか？」

近々義母が茶会を開くという情報を得たメイドに提案され、溜息を吐いたエミリアは首を横に振る。

「嫌よ。そんな所へいっても、容姿と教養を貶されて疲れるだけだもの。ダルスは嫌がらせをしてくるし。この前は、私のスカートを捲ったのよ！」

「貶すなど！　お嬢様はこんなにも可愛らしいのですから、悪く言う方はいません！　それに、お坊ちゃんが何をしてもノア様がお仕置きをしてくれますよ。スカート捲りの後もお仕置きを……いえ、何でもありません」

お仕置きをしたと言いかけて、メイドは口元に手を当てて周囲を見渡した。

「ありがとう。私はグランデ伯爵家の変わり者、人前に出られないエミリア、でいいのよ」

「お嬢様」

メイドから顔を背け、エミリアは窓から外を見る。

窓から見た別館の入口、庭師と話をしていた若い執事は視線に気付き顔を上げた。

吹き抜けた風に執事の銀髪が揺れ、彼は目を細めて髪を押さえる。

離れていても分かる整った容姿の青年は、数年前、初めて行った領地の水源となる湖で偶然出会い、紆余曲折を経て専属の執事兼護衛となったノアだ。

前のエミリアの記憶では名前すら出て来なかったノアとの出会いは、破滅とは違う道が開けるかもしれないという希望を抱かせてくれた。

ジャケットを脱いだノアの側には、屈強な筋肉を持つ庭師と髪と服を土だらけにした腹違いの弟、ダルスの姿があった。

もうすぐ王立学園へ入学するのに、ダルスはエミリアを目の敵(かたき)にして嫌がらせを止めようとしない。

今朝、花を見に庭へ出ようと玄関から出たエミリアがダルスの掘った落とし穴に落ちかけて、別邸はちょっとした騒ぎになった。傍にいたノアが素早く動き、エミリアを抱きかかえて回避したため大事には至らなかったが、ノアが傍に控えていなければ怪我をしていたかもしれないと使用人達は怒り、すぐにダルス捜索チームが結成された。

物置に隠れていたダルスは、冒険者から転職した別邸の使用人達に捕獲され引き渡されて、屈強な庭師監修のもと穴を塞ぐ作業をさせられているのだ。

「毎回ノアにお仕置きされているのに、ダルスも懲(こ)りないわね」

「ダルス様はきっと、お嬢様と親しくなりたくて悪戯ばかりされるのですよ。子どもは気になる女の子に対して素直になれず、意地悪をしてしまうものですから」

「私と親しくなりたいのなら、落とし穴は掘らないし虫の詰まった箱を贈り付けないわよ」

「お嬢様、あの虫は滋養強壮の煎じ薬の原料ですよ？　坊ちゃんが贈ってこられた時はお嬢様が風邪をひいた時ですから、お見舞いのつもりだったのではないでしょうか」

先日、風邪をひいたエミリアにダルスから贈られた虫入りの箱。

箱を開けたのは運悪く虫が大の苦手だったメイドで、彼女は悲鳴を上げた後に勢い余って箱を魔法で燃やしてしまい、危うく火事になりかけた。

「お見舞いの品でも、虫はないでしょう」

仮に見舞いの品だったとしても、花ではなく虫を選択するのは、弟とはいえ腹が立つ。エミリアの家庭教師達からの評価が良いのが気に入らないといった様子をその前後で見ているので、本当に見舞いかどうかも怪しい。一方的にライバル扱いされて、足を引っ張ろうとしてきた、というほうがまだ納得できる。

なにせ、嫌がらせをする度、元冒険者の使用人達とノアの手でお仕置きされているのに、ダルスは懲りない。嫌がらせとその後のお仕置で動き回るため、怠惰と暴食によって肥え太っていた体が標準体型となったほどだ。

(ダルスには被虐趣味でもあるのかしら？　うーん、多少性癖が歪んだとしても、シンシア嬢に付きまとい行為をしなくなれば、それはそれで良いのかな)

もしも本当に親しくなりたいという理由でも、幼稚な嫌がらせをする相手とは仲良くしたいとは思えず、エミリアは泣きそうな顔で土を運んでいるダルスを睨み付けた。

いつも通りの時間に入浴を済ませ、ベッドに横になったエミリアは夜中になっても寝付けず、何度も寝がえりをうつ。

朝になれば領地を離れ、王都にある王立学園へ向かわなければならない。

此処から離れられる嬉しさ半分、今後の不安が半分。相反する気持ちが混じり合い寝付けない。

レティシア王国では、貴族の子どもは、十五歳になった年の春から三年間、王都にある王立学園へ入学し学ぶことを義務付けられている。

王家を支える官僚、王国を守る要となる騎士や魔術師の候補となる者を見極め育成するためだと言われているが、貴族の忠誠心を試すための場だとも言われている。

十五年前から貴族以外の平民にも入学が許されており、入学試験で優秀だと判断された者や強い魔力を有する者が学費免除での入学を許可されていた。

王立学園は王都にあるため、多くの生徒は実家を離れて寮で共同生活を送ることになる。

デビュタントの舞踏会を欠席したエミリアには同年代の知り合いは少ない。そのため、王都の貴族達はエミリアが表に出て来ないのは、「醜(みにく)い容姿をしているからだ」と勝手に判断しているらしい。本当の理由は、ダルスと喧嘩をして一緒に川に落ち、風邪をひいたからだ。

同年代の友人がいなくても、情報収集には特に事欠かない。淑女教育よりも剣技と魔法の習得に力を入れ、家族と離れて別邸に住んでいる自分は「変わり者」と周囲から評されていることも、婚約者のはずのイーサンから存在を無視されていることも、ノアに集めてもらった情報で知っている。

貴族内で囁かれるエミリアの悪評を知ったイーサンは、都合の良い理由を作り婚約を解消したいと考えている、ということも知っていた。

「前は此処から出たかったのに、今は離れたくないと思うなんて、変わるものね」

今のエミリアは、別邸で信頼できる者達と心穏やかに暮らせている。

見知った者がほとんどいない学園生活に不安があっても、恋慕も情も全く抱いていない婚約者から婚約解消されたとしても、破滅を回避出来れば大した問題ではない。頭ではそう分かっていても、出来れば平穏な生活を続けたいと思ってしまうのは致し方ないことだろう。

考え込んでいるうちに、サイドテーブルに置いてある時計の針は深夜一時半を示していた。

あと数時間で朝になり、王都へ向けて出発する。

(学園では目立たず揉め事を起こさず、静かに過ごして卒業出来れば上出来ね。婚約破棄されて退学となっても、真面目に勉強すればその知識だけでも生きていける。死ぬ恐怖から解放されて、自由の身になれるのよ)

左腕を伸ばして、サイドテーブル上に置かれたランプのスイッチを入れる。

上半身を起こしてヘッドボードにもたれかかり、枕の下に隠している黒革の手帳を取り出す。

前のエミリアの記憶、学園生活編のページを開くとそこには入学式での出来事が書かれていた。

表紙を捲(めく)った最初のページ、そこに書いてある文字を人差し指でなぞる。

『エミリア・グランデ、九歳。これから起きることの記憶を、前のエミリアの記憶を忘れないように記録をしておく』

静かな室内に日記帳のページを捲(めく)る音が響く。
『十五歳になった春、王立学園へ入学する。学園で何かと注目を浴びるシンシア・ミシェル男爵令嬢が婚約者と仲良くなり、私は婚約破棄される』
日記の文章は、レティシア王国の文字とは違う異国の文字で綴られている。『前のエミリア』が晩年を過ごした修道院で、旅人が教えてくれた、異国の古代文字。遠い異国の文字ならば、王宮の学者か広い知識を持つ外交官以外は読めないはずだ。

前のエミリアの身に起こった出来事を忘れないように、幼いエミリアが書いたものだった。
「シンシア嬢がＣ組になり、後に生徒会役員となる男子と親しくなったら、イーサン様と知り合うわ」

イーサンに最後に会ったのは、二年前。渋々出席した両家の食事会で挨拶を交わしただけ。それ以外の交流はといえば、誕生日に短い手紙をやり取りするだけの希薄な関係の婚約者。

食事会の時に彼がどんな顔をしていたのかは、今はもうぼんやりとしか思い出せない。

前のエミリアの記憶、イーサンに婚約破棄を宣言された時に向けられた侮蔑の表情を覚えている。
真っ赤に染まったイーサンの顔は、赤色の髪と相まって金魚みたいだったとエミリアは苦笑いした。
「今度は友達を作りたいな。平民の子なら、私の評判を気にせず仲良くなってくれるかな」

現国王陛下が王位を継いだ頃から、貴族の子どものみが通っていた学園は、入学試験に合格した平民の子どもも入学出来るようになり、成績優秀者や、実家が商売をしている裕福な家庭の生徒も在学していた。

学園を退学した場合、あるいは伯爵家が没落した場合、仕事を斡旋してもらえるように人脈作りが必要だ。

「イーサン様が心変わりしても嫉妬もしないし、女子に嫌がらせをするダルスは蹴っ飛ばしてでも止める。干ばつ被害が大きかった領地の水源管理も、私とギルドの人達がやっているから今のところ災害に襲われていない。あの時の私と同じ生き方はしないわ」

手帳を閉じたエミリアは、色のくすんだ表紙を人差し指の腹で撫でて両手で抱き締めた。


不安と緊張で朝方まで眠れなかったというのに、習慣というものか、いつもの起床時刻になると自然と眠りから覚めてしまう。

あと少しだけ眠ろうと目蓋を閉じて心地よい眠りの淵へ落ちかけた時、部屋へやって来たメイドに肩を揺さぶられ起こされてしまい、エミリアは重たい体を起こした。

眠たい目を擦りながら洗顔を済ませ、鏡の前でメイドに髪を梳かしてもらう。寝癖でうねっていた栗色の髪は真っ直ぐになり、眠気で半開きだった空色の瞳も徐々に開いた。

トントントン。

ようやく頭が目覚めてきたタイミングで部屋の扉がノックされた。

「お嬢様、おはようございます」

挨拶と共に入室した銀髪の執事は、エミリアの前まで来るとふわりと微笑み頭を下げた。

朝日で輝く金色に近い銀髪は後ろへ撫で付け、皺一つないスーツを着て銀縁眼鏡をかけた長身の執事は、初めて会った六年前と変わらない容姿。

いつ見ても完璧な芸術作品のように綺麗だと、エミリアは彼を見上げた。

「おはよう、ノア」

「朝食の準備は整っております。出発時刻に間に合いますようにお着替えを……お嬢様？　どうされましたか？」

「え？」

問われてからノアを見つめていたことに気付き、エミリアは苦笑いした。

「気になることでもあるのですか？」

領民の反乱で赤い炎に包まれた屋敷から逃げ出し、最果ての修道院に辿り着くまでの過酷な日々と命が尽きる瞬間を夢に見て泣いていた、幼い頃の情緒不安定な姿を知っているせいか、ノアは些細な心の揺れも見逃してはくれない。

「あのね、その」

王都へ行きたくないと言えば、ノアなら違法な手を使ってでも学園入学を阻止してくれるはずだ。

幼い頃、契約を結んだ時から彼は、エミリアのことを第一に考えてくれていた。

(逃げるのが一番楽だわ。でも、それは駄目。重篤な事情がない貴族は、学園入学を義務付けられているのだから。でも、ノアと離れるのは怖い)

声に出そうになった思いを呑み込み、エミリアは唇をきつく結ぶ。

「ノアと皆がいてくれたから、頑張れたなって思ったの。今日までありがとう。私、頑張るね」

感謝の言葉は嘘偽りではない本心だった。

ノアに出逢わず実父と継母に冷遇されて過ごしていたら、前のエミリアの記憶があっても精神は疲弊していき、心を病んでいた。

「ノアとみんなはどうするの？」

「数名は別邸の管理のために残りますが、私は此処を離れます。私の雇用主はお嬢様ですから。お嬢様がいらっしゃらない伯爵家には用はありません」

表情はやわらかく穏やかだが、ノアの深紅色の瞳に冷たい光が宿る。

「一緒に来て」と、喉まで出かかった言葉を呑み込み、エミリアは唇を動かして笑みを作った。

「そう、そういう契約だったわね」

六年前、ノアと出逢った時のやり取りを思い出してエミリアは目を伏せた。


襲いかかって来た熊形の魔物から必死で逃げていたエミリアの前に、突然現れた冒険者の青年。

涙を流して助けを請うエミリアに魔物が襲いかかろうとした瞬間、青年は目にもとまらない速さで動き魔物を斃したのだった。

『助けてくれてありがとうございます。あの、貴方は、冒険者の方ですよね？　ギルドを介さなくても、代金を渡せば私の依頼を引き受けてくれますか？』

『俺に依頼だと？　お嬢様が？』

『ええ。私の護衛になっていただけませんか？　此処にいるということは、貴方の狙いはこの先の遺跡でしょう？　だから、遺跡に行って戻るまでの護衛をお願いしたいのです。報酬は……』

腕組みをして無言でエミリアを見下ろしていたノアは、不意に愉しげに口角を上げた。後から聞いたところによると、揺るがない意志の強さを小さな体から感じ取った、らしい。

『分かった』

幼いエミリアからの依頼を引き受けてくれたノアのおかげで、湖の遺跡の調査はスムーズに行えた。

その後、伯爵家までの帰り道で再度結んだ契約。

『これからは俺、いや、私が貴女を守ります』

契約を結んだ後、ノアが顔なじみだというギルドマスターに掛け合ってくれたおかげで、湖の管理の代行依頼もスムーズに進んだ。

孤独だった前のエミリアが得られなかった味方。

たとえ契約で結ばれた関係でも、傍に味方がいることはこれほど安心できるものなのだと知った。

王立学園へ入学する日まで仕えると膝を折ってくれたノアとの契約は、今日で終わる。

（ノアと離れるのが寂しい。でも、雇用期間は終わる。それに、王都へ一緒に行けるのは女性のメイドのみだわ。ノアと一緒には行けない）

一緒に王都へは行けないと前々から分かっていたのに、ノアと離れると考えるだけで急に胸の奥が苦しくなってきて、エミリアは胸に手を当てて深い息を吐いた。

「皆さん、今日までありがとう」

別館の使用人達を呼んだ朝食の席で、エミリアは彼等に感謝の言葉を伝えた。豪華な朝食なのに、込み上げて来た涙を堪えたせいで、しっかり味わうことは出来なかった。

「お嬢様、お気をつけていってらっしゃいませ」

「ありがとう。行ってきます。ノアも皆も元気でね」

玄関前に並んで立つノアと使用人達に見送られ、エミリアは馬車へ乗り込んだ。

同じく学園へ入学するダルスが「行きたくない」と駄々をこねているらしく、説得に手間取っているのか父親と継母の見送りはない。

異母弟を待たずに出発するという伝達を頼み、エミリアを乗せた馬車は王都へ出発した。


整備された街道とはいえ、半日以上馬車に揺られ続ければ腰も痛くなってくる。

同行するメイドのメリッサに、休憩しようと訴えようかとエミリアが口を開きかけた時、ようやく王都の街並みが見えてきた。

女神の加護を与えられている王都は、当然ながらグランデ伯爵領よりも栄えており、整備された街並みは色とりどりの花で彩られていた。

前のエミリアの記憶にある王都と重なる光景に、以前とは違いエミリアの胸の奥に不安が湧き上がってくる。

(大丈夫。今の私は前の私とは違うし、ダルスも標準体型を維持しているし、婚約破棄されて実家

を勘当されても冒険者ギルドマスターが助けてくれる。前と同じ結果にはならないわ）

華やかな車窓からの景色を楽しむ余裕もなく、これから通う王立学園へと向かい、馬車から降りた。

白百合のレリーフが掲げられている男子禁制の女子寮。

男子は足を踏み入れることも出来ないため、荷物もメイドか本人が持たなければならない。エミリアもメリッサと一緒に、御者が馬車から降ろした荷物を持って寮の扉をくぐった。

「エミリア嬢、ようこそいらっしゃいました」

「これからよろしくお願いします」

入寮手続きの書類にサインを書き、初老の寮母に先導されて部屋へ移動する。

休日とはいえ、寮内は静まり返っている。前回もこうだっただろうか、この静かな建物で三年間を過ごすのかと、エミリアは不安を抱いた。

「エミリア嬢の部屋は此方です。先にいらしたメイドの方が部屋の掃除をされていますよ」

「先に？」

メリッサ以外のメイドが王都へ来るとは聞いておらず、エミリアは首を傾げる。

今も隣で荷物を持つ彼女を見てもただ微笑むだけ。

寮母が部屋のドアを開けると、室内の掃除をしていた長身のメイドが振り向き、エミリアへ向けて一礼する。

（え？　誰？）

メイドの顔を見て、エミリアはポカンと口と目を開いて固まった。

手にしていた箒を壁に立てかけ、メイドはエミリアの手からスーツケースを抜き取る。その様子を見ながら寮母が柔らかく注意を促した。

「あなた達は問題なさそうですが、荷解きは静かに行ってくださいね。規律を守り騒がしくしてはいけませんよ」

「は、はい。案内、ありがとうございました」

立ち去ろうとする寮母へ、エミリアは慌てて頭を下げる。

扉が閉まり寮母の気配が離れていくのを確認してから、ようやく長身のメイドは口を開いた。

「お待ちしておりました。お嬢様」

女性にしては低い声でも、見た目は完璧な『女性』のメイドの口調には聞き覚えがあり、エミリアは目を見開いた。

(え、どうして?)

そんなことはないと、何度も目を瞬かせてメイドの全身を見る。

エミリアよりも頭一つ分背の高いメイドは、陽光で淡い金髪に見える銀髪を後頭部で一纏(まと)めにして、印象的な深紅色の瞳とすっと通った高い鼻、意志の強そうな薄い唇をした、一度顔を合わせたら忘れないほど綺麗な外見をした女性だった。

頭の先から足元まで凝視して……彼女の放つ雰囲気が誰に似ているのか理解したエミリアは、ゴクリと唾を飲み込んだ。

「ノア？」

「はい」

此処にはいないはずの執事の名を呼べば、メイドは心底嬉しそうに微笑んだ。

見た目は女性にしか見えないのに、気配は慣れ親しんだノアのものへと変化する。

「やはり、お嬢様は分かってしまいましたね」

「どうして此処に？　その格好は、どうしたの？」

学園の女子寮には、親族であろうと緊急時を除き男性は入れない。規則を守れない場合は謹慎以上の罰則があると、先程寮母から説明を受けた。

それ以前に、ノアとの契約期間は今朝終了しているのだ。

「私はお嬢様の側で、貴女を守ると誓ったでしょう。此処は、男子禁制でしたので仕方なく女装をすることにしました。この姿の時は『ノアール』とお呼びください」

「じょ、そう……？」

唇に人差し指を当てて微笑む仕草は、どう見ても完璧な女性そのもの。

見た目だけでなく仕草も声もノアとは違う。どうなっているのかとか、どうしてそこまでして側にいると決意してくれたのかとか、聞きたいことは沢山あるのに、あまりの衝撃の強さにエミリアの体から力が抜けていく。

「お嬢様？」

長旅の疲労と緊張も相まって、エミリアの意識が遠くなる。暗転する視界の隅に、慌てるメリッサの姿と、傾いでいくエミリアの体を支えようと手を伸ばすノアールの顔が見え、そして珍しく焦ったノアの声が耳元で聞こえた。

「ノア」

遠ざかろうとする背中へエミリアは手を伸ばす。これは幼い頃の夢だ。

悪夢を見た後や体調が悪い時ほど、一人で眠るのは苦しくて悲しい。精神年齢は成人を過ぎていても、弱った時は体の年齢に心が引き摺られてしまう。

破滅を迎える未来を変えるのだと意気込んでいても、常に不安が付きまとい傍らで支えてくれる相手を欲していた。

「行かないで」

幼くなった精神は孤独に耐えられなくて、彼に縋りたくなってしまうのだ。

ポロリ、エミリアの目尻から涙が零れ落ちる。

「……ここにいる」

仕方ないと息を吐き、振り向いたノアは伸ばされたエミリアの小さな手を握る。

「俺のお嬢様は甘えん坊だな」

目蓋を閉じていても、彼が苦笑したのが気配で分かった。

「あたま、なでて」

「仰せのままに」

大きな手で頭を撫でられると不安がなくなっていく。

夢の中で更に眠りの淵へ落ちていきながら、エミリアは大きな手のひらに頬を擦りつけて甘えた。


部屋に射し込む朝日の眩しさでエミリアは目蓋を半分開く。

昨夜、あまり眠れなかったことと移動の疲れとで、朝までぐっすりと眠っていた。

「あれ？　此処は？」

自室とは違う部屋に目を瞬かせたエミリアは、ベッドに手をついて上半身を起こし室内を見渡した。

(寮の部屋？　ノアがいたのは夢だったの？　そうよね、メイド服を着たノアが女子寮にいるなんて)

「おはようございます」

「きゃあっ、うぐっ」

気配を全く感じさせずかけられた声に驚き、悲鳴を上げたエミリアの口を大きな手のひらが塞ぐ。

「しっ、大声を上げるのは他の方の迷惑になりますよ」

灰色に青紫が混じったラベンダーグレイ色の髪を後頭部で一纏(まと)めにした長身のメイドは、エミリアの口から手を外し自身の唇へ人差し指を当てた。

身を屈めた彼女の口から発せられたのは低いけれど女性の声。

やはり、昨日の出来事は夢ではなかった。

「ノア、いくら似合っていてもその上背では無理があると思うわ」

見た目は女性でも、彼女は小柄なエミリアよりも頭一つ分近く背が高く、メイド服で多少カバーしているとはいえ、互いの息遣いを感じる至近距離では女性にしては筋肉質な体つきなのが分かる。

「ノアール、です。これでも魔法で背を低くして女性的な骨格に変化させています。認識阻害魔法をかけておけば、周囲の者からは女性だと認識されます。何もない所でも転ぶお嬢様は危なっかしくて目が離せませんし、何より体が小さいとお嬢様を守る際に抱きかかえられません」

名前を訂正したノアはエミリアの脇に手を差し込み、幼子を起こすように抱きかかえようとする。

「か、抱えなくてもいいって。自分で歩けるから」

密着して互いの熱を感じ、我に返ったエミリアはノアの腕を押さえて止めた。

昨日の朝までノアに抱えられても平気だったのに、女装した彼に抱えられるのは何故だか恥ずかしい。

「では、早くベッドから出て着替えをしてください」

朝日の眩しさも相まって、メイドの擬態を解けば性別が男に変わるのが信じられない。

完璧な仕草でスカートの裾を直したノアは、どこからどう見ても女性の顔をして微笑んだ。

寝間着から制服に着替えて、寝癖のついた髪を整えてもらっている間に部屋へ朝食が運ばれてくる。

「よし、変じゃないし地味過ぎないよね」

朝食を食べ終えたエミリアは、鏡の前で身だしなみのチェックをする。

入学式受付に提出する書類を再確認したメイド姿のノアと共に女子寮を出た。

余裕があると思っていたのに腕時計を確認すると、入学式受付時間の二十分前になっていた。

歩く速度を速めれば、何とか受付終了時刻には間に合う。

「会場前まで転移しましょうか」

「駄目よ。敷地内は特別な理由がある場合、一部の魔法以外は使用禁止よ。あら？　あれは……」

女子寮の門を出てすぐの外灯を背にして、腕組みをした男子生徒が立っている。誰なのか気づいて思わず「うっ」と声を漏らした。

まさか、心細くなって一緒に行こうと誘いに来たわけではないだろう。女子寮ではなく、入学式会場へ向かわなければ間に合わないのに何を考えているのか。何を考えているかは分からないが、関わるとろくなことにならないことだけは分かる。

「おい！　エミリア！」

エミリアは、無視して通り過ぎようと歩く速度を上げるが、その前へ立ち塞がったダルスは、彼女を睨み付けた。

伯爵家にいた時は大して身だしなみに気を使わないダルスでも、入学式は特別なのか、緩く癖のある髪についた寝癖は直し、シャツもボタンを上まで止めてきちんと制服を着ていた。

「俺を置いて先に行くとはどういうことだ！」

鼻息が荒いダルスの背後で、鞄を両手に持ち顔色を悪くしている若い従者は、エミリアに申し訳なさそうな視線を送る。従者の様子から、ダルスは彼の意見を無視して此処まで来たのだろう。

「何で入学式会場じゃなくて、女子寮に来ているのよ」

二人そろって入学式に遅刻するのは、ただでさえ評判の悪いグランデ伯爵家姉弟の評判がさらに悪くなってしまう。思わずエミリアは片手で顔を覆った。

「そこを退いていただけますか？　お嬢様が入学式に遅れてしまいます」

ダルスの前へ進み出たノアは、自分の背にエミリアを隠す。

全く敬意を払わないメイドの態度に、ダルスの額には青筋が浮かんだ。

「誰だお前？　見ない顔だな。またエミリアお得意の、冒険者上がりで生意気なメイドを新しく雇ったのか？」

「ノアール、と申します」

自分よりも長身のノアを見上げたダルスの表情は、眉を顰めたまま固まった。

口元は僅かに弧を描いているのに、瞳は全く笑っていない冷笑を浮かべたメイドに、心臓を鷲掴みにされたような気がした。心臓の鼓動は速くなり、湧き上がってくる恐怖から背中に寒気が走り抜け、全身から汗がふき出る。

「ひぃぃぃぁっ⁉」

恐怖で青ざめたダルスは、悲鳴を上げて後方へ飛び上がり地面に尻もちをついた。

「お、お坊ちゃん？」

「あああぁ、何で、何で？　姿は違うのに、お前はあいつと似た魔力を持っているんだ⁉」

全身を恐怖で震わせて涙ぐみ、ダルスは駆け寄った従者にしがみ付く。

数年に及ぶ教育という名の矯正の結果、ダルスの心の奥深くまで、ノアという存在が、恐怖の対象として根付いているのだ。

すっかり怯えて立ち上がれないでいるダルスと、彼に冷笑を向けるノアを交互に見たエミリアは、はぁーと溜息を吐いた。

「ノアール、規律違反になってしまうけれど緊急事態だわ。誰にも見つからないように入学式会場近く、ダルスも一緒にいて目立たない場所へ転移してもらってもいい？」

「はい。感知されないよう、慎重に転移します」

そうすることが当然のように答え、ノアは右手を地面へ向けて転移魔法陣を展開した。

足元に広がった魔法陣から発せられた光が眩しくて、思わず閉じた目蓋を開くと、エミリア達は入学式会場の裏手にある茂みへ転移していた。

そのまま移動し、会場入り口の受付を通ったのは、受付時間終了間際。

新入生が整然と椅子に座り、静まり返っている状態の会場に入ったエミリアとダルスは、周囲から向けられる好奇という視線を浴びながら、受付で渡されたクラス名簿に載っている指定席へ座った。

(私がA組、ダルスがC組？　前は私がB組、ダルスはC組だった。C組になるのを回避してほしかったから、真面目に勉強をするように言ったのに。きっと、自主勉強をしていなかったのね)

一年時の所属クラスは入学前試験の結果で決まる。

前よりも勉強に励んでいる今のエミリアがAクラスなのは、全教科満点に近い試験結果が返ってきたため頷ける。だが、一緒に勉強していたダルスが前回と同じC組ということは誤算だった。

前回と同じ流れなら、学園生活の鍵を握る人物のシンシア・ミシェルはダルスと同じC組。

ダルスがシンシアに歪んだ感情を抱き、付きまとい行為を繰り返してしまう可能性がある。

時間がなくてクラス名簿をチェックしきれず、記憶通りC組にシンシアがいるのか分からない。

ダルスの行動を知りたくとも、彼が座る場所まで離れていて知ることが出来ず、エミリアは視線だけを動かしてC組の方を見た。


落ち着かない気持ちのまま入学式は開始され、学園長挨拶の後、新入生代表の言葉へと続く。

新入生代表は前と同じく、一学年上の王太子の婚約者である公爵令嬢だった。

前のエミリアには遠い存在だった公爵令嬢と同じA組になったとはいえ、身分学力ともに上位の公爵令嬢の不興を買う真似はしてはならない。

緊張で体を強張らせたエミリアは、A組生徒達と一緒に担任教師に連れられてクラスへ向かった。

教室の入口付近で、自分の席を確認しようとしていた生徒が立ち止まり、エミリアは立ち止まった生徒の後頭部に顔面を思いっきりぶつけた。

「きゃあっ、なに？」

「いたっ、す、すみません」

顔面、特に鼻の痛みで呻きながらエミリアは顔を上げる。

エミリアがぶつかった相手、後頭部を押さえた女子生徒も何事かと振り向く。

「ひっ、ああっ、大変申し訳ありませんでした！」

振り向いた女子生徒の顔を見て、息を呑んだエミリアは慌てて頭を下げた。

毛先を緩く巻いた艶やかな金髪、青い色の瞳に切れ長の目をしたきつめな美人、イブリア・ゼンペリオン公爵令嬢。

揺れた髪から香るのはフローラルな香りで、美人は髪からも良い匂いがするのだと知った。

「い、いいえ、急に立ち止まったわたくしも悪かったですし、貴女は大丈夫ですか？」

「私は……あ、」

鼻の奥から何かが流れる感覚がして、鼻水が垂れたのかと人差し指で鼻の下を擦ると、指先に鮮血が付いた。

(うわぁー！　ヤバイ！)

A組の中でも一番気を付けた方がいい生徒、イブリアとの初対面で彼女にぶつかった挙句、鼻血を出すとは最悪な印象をクラスメイト達へ植え付けてしまった。

羞恥と痛みと絶望感から、涙目になったエミリアは鼻血が垂れる鼻を両手で押さえる。

目を開いたイブリアは、エミリアの指の間から見える赤色ですぐに状況を察し、鼻を押さえるエミリアへスカートのポケットから取り出したハンカチをそっと差し出す。

「止まるまで押さえていてください」

「ふ、ふみません……」

微笑んだイブリアは、今にも泣きそうになっているエミリアの背中を撫でる。

きつそうな性格をしているように見える外見とは裏腹に、ぶつかったことに腹を立てず鼻血を出したエミリアを気遣ってくれた。

イブリアの優しさに泣きそうになりつつ、周囲にいる女子達からの視線が怖くて、エミリアは身を縮こまらせた。

鼻血を出しただけでも目立ったのに、イブリアに気遣われ、ハンカチで鼻を押さえながら教室に入ったせいで、思いっきりクラスメイトの注目を浴びてエミリアの胃がキリキリ痛みだす。

鼻血で赤く染まったハンカチで鼻を押さえ、俯いたエミリアは身を縮めて席についた。

(はぁー入学早々、鼻血で目立ってしまうなんて……)

悪目立ちしたせいで女子達から睨まれ、鼻血のせいで男子達にも引かれた。

高位貴族と分かる雰囲気の女子達は、口元に手を当てて何やらひそひそと話している。配られた座席表でエミリアの名前を確認しているのだ。

今度こそは平和な学園生活を送れることを願っていたのに、平穏とは言い難い学園生活になりそうだと、エミリアは肩を落とした。

全員が席に着いたタイミングで、教卓前に立った背の高い男性教師は両手を叩く。

「今日から君たちの担任となるトルース・マキノビだ。こう見えても心の年齢は君たちと一緒だと思っている。これから一年、共に学び、青春の汗を流そう！　よろしくな！」

教卓へ両手を突いて元気よく挨拶したのは、腰まである黒髪を後ろで一括りにして縛り、銀縁眼鏡をかけた魔術師風の正装姿のトルース先生。

担当教科は魔法学全般で、数年前は国王直属の魔術師団副長だったらしい。

魔術師にしては筋肉質な体躯を持ち、白い歯を見せて笑うトルース先生へ、一部の気の強そうな女子達は冷ややかな視線を向け、ノリの良さそうな男子と女子から笑いが起こる。

前の学園生活では、授業以外では関わったことはないとはいえ、トルース先生はこんな陽気な性格だっただろうかと、エミリアは首を傾げた。

「じゃあ、順番に自己紹介を始めるぞ。まずはお前からだ」

名指しされた男子生徒は、驚きの声を上げた後、恥ずかしそうに椅子から立ち上がった。

次々にクラスメイトが自己紹介をし終え、自分の順番が近付きエミリアは焦る。

座席表通りに座っているエミリアの前の席は、イブリア・ゼンペリオンなのだ。

「イブリア・ゼンペリオンです。これから一年間、クラスの皆様と一緒に学べることを楽しみにしています。よろしくお願いします」

背筋を伸ばして堂々と話すイブリアは、記憶以上に凛としていてさすがだと、エミリアは感心した。

生まれ持った気品、長年の努力で培った彼女の高貴で知的な雰囲気は、未来の王妃の姿を想像させた。

イブリアが一礼をすると、クラス中から盛大な拍手が巻き起こる。

女子達が羨望の眼差しでイブリアを見ている中、家名からして印象の悪いエミリアが自己紹介をしなければならない。憂鬱な気分でエミリアは拍手が止むのを待った。

「エミリア・グランデです。一年間よろしくお願いします」

少し震えた声で挨拶をしたエミリアは、冷たい視線をひしひしと感じながら椅子に座った。

「グランデといったらあの、グランデ伯爵ですか？」

「デビュタントの舞踏会はいらっしゃらなかったから、どんな方かと気になっていましたわ」

「私は屋敷に引きこもっている変わり者、という噂を聞きましたわ」

静まりかえった教室内では、小声でも女子達の声がはっきりエミリアの耳へ届く。

グランデ伯爵家に対する評価は知っていたし覚悟していたとはいえ、一年間、彼女達から冷たい視線を浴びせられるのかと思うと、少し悲しくなった。

「エミリアさん」

一通りクラスメイト達の自己紹介が終わり、十分間の休憩時間になるとすぐに、イブリアは立ち上がりエミリアの方を振り返った。

身分の高い女子生徒、イブリアがエミリアに話しかけたことに驚き、女子達は足を止める。

「デビュタントの舞踏会ではお会いできなかったから、同じクラスになって嬉しいわ。これから仲良くしましょうね」

「イブリア様、先程はハンカチをありがとうございました。後日、新しいハンカチをお返しします」

周囲の冷たい視線から助けてくれた感謝を伝えたいが、今は今で注目されている。いたたまれなさでイブリアと目を合わせられず、エミリアは頭を下げることで応えた。

その後も気の休まる時は訪れず、ホームルームを終えて放課後になる頃には、エミリアは心身ともに疲れ果てていた。

「エミリアさん、カフェでお話をしませんか？」

配布された教科書と学園での規則、行事予定が書かれた冊子を鞄に入れていたエミリアに声をかけてきたのは、バートン伯爵家次女、クレア・バートンだ。

「この後、ですか？」

緩く癖のある赤茶色の髪と橙色の瞳をしたクレアは、イブリアの取り巻きの一人でエミリアの斜め後ろの席だった。

明日以降の交友関係を考えたら参加した方がいい、とは分かっていても今のエミリアの体調では体が悲鳴を上げる。

「すみません、実はずっと体調が悪くて……また誘っていただけますか？」

申し訳なさを前面に出してエミリアは頭を下げる。

「あぁ、そうでしたね。私こそエミリアさんの顔色が悪いのに気が付かなくて、ごめんなさい」

申し訳なさそうに、クレアは眉尻を下げて首を横に振った。

「エミリアさん、お一人で帰れますか？」

「大丈」

「エミリア」

エミリアの声を廊下から教室へ入って来た男子生徒の声が遮った。

「……ダルス？」

どうしたのかと、目を瞬かせるエミリアの側まで来たダルスは、周囲の視線を無視して、教室内を横切って机の上に置かれた鞄を持つ。

「帰るぞ」

一応最低限の礼儀はあるらしく、クレアに対しては「じゃあ」と軽く頭を下げたダルスは、エミリアの返事を待たずに扉へ向かって歩き出す。

「あっ！　ちょっと待って！　皆さん、ありがとうございます。明日からよろしくお願いします」

クレアとクラスメイト達へ頭を下げ、慌ててエミリアは廊下へ出て行ったダルスを追いかけた。

「ダルス、どうして教室に来たの？」

「お前……鼻血、出したんだろ」

「え？」

隣に並んだエミリアの顔を見ず、前を向いたままダルスはぶっきらぼうに答える。

(まさか、心配してA組まで来てくれたの？)

意外すぎるダルスの行動に、返す言葉が浮かんでこなかった。

エミリアの鞄と自分の鞄を肩に担ぎ、ダルスは無言で女子寮への道を歩く。

グランデ伯爵家にいた頃は、顔を合わせる度に悪戯と嫌味の言葉を繰り返していたダルスと、ノアの鉄壁の護衛で守られていたエミリア。

初めて互いと周囲を警戒することもなく、二人だけで歩いた。

女子寮前でダルスと別れ、自室へ戻ったエミリアをメイド服姿のノアが出迎える。

「お嬢様、お帰りなさいませ。入学式はどうでしたか？」

「A組のクラスメイト達は優秀な方々ばかりだったわ。皆さんの前で鼻血を出したし……明日からやっていけるか不安だわ」

鞄をノアに手渡して、ソファーへ座ったエミリアは両手を上げて大きく伸びをした。

「放課後にお茶に誘われて嬉しかったけど、疲れたしどうしようって困っていたら、ダルスが来てくれたんだ。寮の前まで一緒に帰ったんだよ。喧嘩しなかったのは初めてかもしれない」

「……坊っちゃんが？」

鞄の中から書類を出していたノアの手が止まり、顔から表情が消える。

「あら、お嬢様、制服に皺がついてしまいます。まず着替えてください」

「分かったわ」

黙り込むノアに気付かず、エミリアは欠伸をしてソファーから立ち上がり、ジャケットを脱いでハンガーを手にしたメリッサに手渡した。

「これもお願いね」

「はい、お嬢様」

ワンピースの脇にあるファスナーを下ろして脱ぎ、メリッサに手渡して上はブラウス、下はブルマ姿になったエミリアはハッと顔を上げた。

「ノア、あのさ、私着替えたいの」

メイドの姿でも、魔法で姿を変えているだけで本来のノアは男性、心も体も男性だった。

「お嬢様、ノアールですよ。着替えの服は用意してあります」

「えーと、だからね。着替えたいから、その」

頬をほんのり染めて恥ずかしがるエミリアに、一瞬だけ目を開いたノアはワンピースをハンガーに掛けて口角を上げた。

「今更何を恥ずかしがっているのですか？　屋敷にいた頃は、私の前であろうと平気で着替えていたでしょう。それにお嬢様の着替えなど見慣れています」

「ううっ、ノアがノアールの姿になってから何か急に恥ずかしくなって。ノアールはノアだって分かっているのに変な感じ。部屋が変わったからかな？　恥ずかしいから、こっちを見ないでね」

「それは、失礼しました」

クスリと笑ったノアは、ワンピースを掛けたハンガーをメリッサに渡し、彼女に目配せをした。

頷いたメリッサは音もなく奥の部屋へと姿を消す。

背中を向けてブラウスを脱ぐ、エミリアの背中を注視したノアは目を細めた。

「お嬢様」

ブラジャーのサイドベルトがエミリアの背中、肩紐が彼女の肩に食い込んでいるのに気付き、ノアはそっと手を伸ばす。

「ひゃっ」

ノアの指先が肩甲骨付近を滑り落ちていき、ブラジャーのホックをトントンとつつく。

「採寸したのは三月前でしたね、少し余裕を持たせて作らせたのですが、少しきつくなっています。早急に新しいサイズで作らせなければ、お嬢様に悪い虫が付きかねない」

両手でブラジャーのサイドベルトへ触れたノアは、慣れた手つきでホックを外して一段外側のホックにかけ替える。

(サイズを確認されているだけなのに、何でこんなに恥ずかしいの？　鎮まれ私の心臓！　あっ)

顔を赤くして俯くエミリアの頭頂部にノアの唇が触れる。

偶然触れたであろう、ノアの唇の感触がしっかりと伝わってきて、エミリアの心臓が大きく跳ねた。

「ノ、ノア？　どうしたの？」

「いえ、お嬢様はまだまだ成長期なのだと思っただけです」

振り返ったエミリアの赤くなった頬を、人差し指の腹で一撫でしたノアはクスリと笑う。

用意していたキャミソールをエミリアの頭から被せて着せ、次いで部屋着のブラウスを羽織らせるとボタンを留めていった。

(さすがに鼻血を拭いたハンカチを返すわけにはいかないけど、ここまで上質な絹のハンカチと同等のハンカチ、新品なんて持っていないわ)

洗面所から出て来たエミリアは、染みが残ったハンカチを手に落胆の表情を浮かべていた。

「お嬢様、どうされました？」

沈んでいるエミリアに気付いたノアが声をかける。

「ノアール、今から新しいハンカチを買いに行ってもらえないかな」

「新しいハンカチ、ですか？」

「鼻血を出した時にイブリア様、ゼンペリオン公爵令嬢が貸してくれたの。鼻血を拭いたハンカチだし、洗って返すわけにはいかないでしょう」

陰口を言われるのも蔑視されるのも、覚悟していたし平気だと思っていた。でも、庇ってくれたイブリアとお茶に誘ってくれたクレアには、嫌われたくなかった。

手洗いしたハンカチを見て、ノアは身を屈めて冷たくなったエミリアの手に自分の手を重ねる。

「分かりました。すぐに同等以上のハンカチを用意しましょう。だから、泣かないで」

「泣いてなんか、いない」

自分でも分かっていなかった涙に、動揺するエミリアの目尻に溜まった涙を人差し指で拭い、ノアがやわらかく微笑む。彼の仕草と表情に別の意味で動揺したエミリアをよそに、ノアはメリッサに声をかけた。

「お嬢様を頼む」

「はい。お気をつけて」

そのまま部屋を出て行くノアにメリッサは頭を下げる。

目を見開いて固まっていたエミリアは、ドアが閉まる音で我に返り、ハンカチを持っていない方の手で、ノアに涙を拭われた目元に触れた。

女子寮を出て学園とは反対方向の並木道を歩き、ノアは学園敷地外へ続く門をくぐり抜けた。

学園内に張り巡らされている結界から完全に抜け、人通りのほとんどない路地に入る。

建物の陰へ移動して、纏っていたノアールの偽装を解いた。

顔にかかる銀髪を片手で掻き上げ、タイを引き抜きシャツのボタンを外して襟元を寛げたノアは、目を伏せて周囲の気配を探る。人の気配も監視魔法の気配も周囲には無いことを確認し、右手に魔力を込めて軽く握りゆっくりと開く。

開いた手の中には、仄（ほの）かに発光する黒革の小さな手帳が出現していた。

手帳から栞（しおり）を抜き、指先で数ページ捲（めく）って書かれている内容を確認したノアは、目を細めて口角を上げる。

「ふ、王太子の婚約者、国王の遠縁にあたるゼンペリオン公爵家の娘か。是非、お嬢様の味方になってもらおう」

パタンと音を立てて手帳を閉じると、手帳はノアの手の中で空気に溶けるように消えた。

「公爵令嬢の心を掴むために、最高級のハンカチをお返ししよう」

ふわりとノアの周囲に風が巻き起こり、足元に光が広がっていき魔法陣を描いていく。

完成した魔法陣が輝き、瞬く間にノアの姿は消えていた。

＊＊＊

入学式から一月が経った頃、生徒会主催の新入生歓迎会が開かれることとなった。

（もう一月経ったのね。この歓迎会では、確か……）

生徒会役員が一年生専用掲示板に張り出したポスターを見て、エミリアは生徒会役員と初めて関わる行事内容を思い出していた。

新入生歓迎会は、一年生へ向けたクラブ活動の紹介や他学年との交流を目的としていた。

決まった曜日の放課後に行われるクラブは、運動部から料理研究クラブ、演劇部などがあり、興味を持った生徒は身分に関係なく入ることが出来る。

中には、紹介の際に大掛かりな装置を使用するクラブもあり、前のエミリアの記憶では演劇部の紹介時に誤作動した天井の照明器具が突然外れ、シンシアの上に落ちてくる。

偶然、近くにいたイーサンが駆け寄り、シンシアを抱きかかえて避けて、彼女を助けるのだ。

幸いにも大事には至らなかったとはいえ、シンシアを庇ったイーサンは割れた硝子の破片で腕に擦り傷、床に打ち付けた肩に打撲を負う。その後、二人揃って保健室へ向かい、保健室内で何が起きたのか、イーサンはシンシアを意識するようになった、らしい。

この事故がきっかけとなり、二人の距離が近付いていったのだと、前の学園生活中、学園新聞クラブのゴシップ好きな女子生徒が教えてくれた。

（イーサン様とシンシアさんが恋に落ちる過程はどうでもいいけど、少しでも二人に関わったら「嫉妬している」って嫌がらせの犯人にされそうだわ。幸いダルスはシンシアさんには興味ないって言ってたし、あとは私自身が関わらないようにしないと）

短慮で面倒くさがりのダルスは、幼い頃から「合わない」と判断すると相手を意識の外に追いやる。

そのダルスが「興味ない」と言う、つまり合わない相手のことを覚えているのは、違う意味で気になっているからだ。好意どころか、シンシアのことは「ヤバイ女」と評していたため、徹底的に反りが合わないのだろう。

A組とC組ではフロアが違うため、C組へ行かなければシンシアとは顔を合わせることもなく、彼女の人となりは分からない。

「エミリアさん、どうしたの？」

ポスターを見て、停止しているエミリアに金髪の女子生徒が声を掛ける。

「ひゃっ、イ、イブリア様、今の薬草学の配合で分からないことがあって……」

大きく肩を揺らしたエミリアは、声を掛けてきたイブリアへ愛想笑いを返す。

A組学級委員長であり、王太子の婚約者でもあるイブリアと仲良くなれるとは思ってもいなかったため、未だに彼女と話す時は緊張する。

「様、なんていらないと言っているでしょう？　博識のエミリアさんにも分からないこともあるのね」

イブリアは、毛先を緩く巻いた金髪、青い色の瞳に切れ長の目、といった外見のせいで高飛車な性格かと思いきや、話してみると面倒見がよく、可愛いものが大好きだ。特にエミリアのことは、入学初日に鼻血を出して印象深かったのか、後日、お礼の言葉と共に渡したノアの用意した可愛い兎が刺繍されたファンシーなハンカチを気に入ったからか、何かと気にかけてくれる。

「分からないことがあるのなら、放課後一緒に図書館へ行きましょう」

イブリアの言葉を遮るように勢いよく教室の扉が開いた。

「エミリア・グランデ嬢はいるか⁉」

扉を開いた男子生徒は、教室内にいた生徒が一斉に振り向くほどの大声でエミリアの名を呼んだ。

腕に生徒会役員の腕章を着け、燃えるように赤い髪と赤銅色の瞳をした長身の男子生徒。

驚いた生徒達が下がり、教室の入口からエミリアの席まで一直線の道が出来た。

「イーサン様？」

二年前に顔を合わせた時よりも随分背が伸びたイーサンは、記憶にある婚約破棄を宣言した時の姿と重なって見えて、エミリアの声に若干の戸惑いが混じる。

「貴女が、エミリア嬢か？」

大声で登場したのに、エミリアの姿を見た途端、イーサンも戸惑いを見せた。エミリアを頭の先から見下ろしたイーサンの視線は、制服の上からでも分かる豊かな胸のあたりで止まる。

「イーサン様、女子をじろじろ見るのは失礼ではありませんか？」

視線に戸惑うエミリアを庇（かば）うように手を伸ばし、イブリアはイーサンの視線を遮る。

「それは、失礼した」

イブリアに睨まれたイーサンは凝視していた視線を逸らす。

「お久しぶりです。イーサン様」

「ああ、君が入学したのは知っていたが、進級してから生徒会役員としての仕事が忙しくて顔を見に来られなかった」

顔を見に来られないのなら、手紙や従者伝いに連絡する等の連絡手段はあったはずだ。それをしなかったのは、関心がなかったか対応するのが面倒だと思っていたからだ。

名ばかりの婚約者と連絡を取り合うのが面倒くさいと思っているのはエミリアも同じ。むしろ、訪ねて来てくれてありがとうと感謝したいくらいだった。

「生徒会役員をされていることは承知しております。学業優先でかまいません。私のことはお気になさらず、ご友人との時間を大切にしてください。私も勉学に励んでいこうと思っています」

「あ、ああ。分かってもらえて良かった」

今まで放置していたというのに、「婚約者だと公言する気も、積極的に関わるつもりもない」と直球で言うエミリアに対して、何故かイーサンの声は沈んでいた。

イーサンが口を開こうとした時に授業開始前の予鈴が鳴り響き、彼は軽く会釈をしてからくるりと背を向けて歩き出す。教室の扉を出る前に一度だけ振り向き、エミリアと視線を合わせた。

イーサンの姿が完全に見えなくなると、イブリアはエミリアの肩に触れていた手を外す。

「エミリアさん、イーサン様と婚約しているの？　わたくしはイーサン様とは幼い頃から知り合いだけれど、彼に婚約者がいたという話は聞いたこともなかったわ」

「幼い頃に親同士が決めた婚約です。互いへの興味関心が薄いのは仕方ないでしょう。それにグランデ伯爵家と縁続きとなって、嬉しいと思う方はあまりいないでしょうし」

利益になることなら汚い手も使う守銭奴の父親と、伯爵夫人の立場を利用し享楽に走り他の貴族夫人達から敬遠されている継母。引きこもりの娘と我儘で頭の悪い息子。

多少尾ひれがついているとはいえ、グランデ伯爵家の評判は貴族達に広まっている。

犯罪すれすれの行為をする両親の行いは、自分でも顔を顰めたくなるくらい酷いもので、そんな家の娘であるエミリアと関わりたくないと思うのは当然だと、苦笑いした。

「ですが、あの態度は婚約者としてあるまじきものだと思います。エミリアさんに励ましの言葉一つかけず突き放すだなんて。殿下に伝えて説教をしてもらいますわ」

そっとエミリアの手を握ったイブリアは、イーサンの姿が消えた教室の扉を睨んだ。

新入生歓迎会当日。

二年A組所属の王太子も生徒会役員として参加することもあり、身分と成績、将来性もある生徒会役員達を前にした一年女子達は色めき立っていた。

大ホールに集まった一年生を前にして、壇上に上がった生徒会役員が一年間の主な行事や、生徒会規則、委員会活動の紹介をした後、各クラブのクラブ長、副クラブ長がクラブの活動内容を説明する。

生徒会役員と交代して、壇上に上がったクラブ長によるクラブ説明は運動クラブから文化クラブまで順調に進み、ついにシンシアの上に照明が落下する演劇クラブの出番になった。

(シンシアさんとイーサン様を結びつけた、天井から落下する照明は……あれね)

天井を見上げたエミリアは、固定部が外れかかり不安定になっている照明を見付けて、目を凝らす。

多くの怪我人が出るならば、事前に天井の照明を点検してほしいと生徒会の投書箱へ投書したが、前のエミリアの記憶が正しければ、落下した照明器具で怪我をするのはイーサンのみ。

先日、教室を訪れて「婚約者扱いは出来ない」と告げたも同然のイーサンへの意地悪から投書しないのではなく、エミリアにはイーサンとシンシアの出会いを邪魔する気がなかったのだ。

(穏便に婚約を解消してもらえるなら、私はお二人を応援するわ)

つらつらとそんなことを考えていると、突然、天井の照明が消えてホールの一部が暗くなり、周囲を見渡していた生徒から悲鳴が上がった。

「きゃー！　落ちるわ!?」

ガシャーン！

天井からぶら下がっていた照明が突然落下し、ホール内の生徒と教師達は一時騒然となった。

幸いにも、落下地点にいた生徒は大した怪我もせずに済んだため、新入生歓迎会は照明器具の欠片の片付けのために一時中断した。

詳しい状況が分かるにつれて、今回、照明の落下は同じでも、二つ違うことがあるとエミリアは気づく。ひとつめは、落下したのがシンシアではなくダルスの上だったこと。ふたつめは、ダルスが直前で落下に気付き、上手く避けたため、怪我もなく誰にも庇われなかったことだった。

エミリアは視線を巡らせて、生徒会役員と共に舞台の上へ移動して動き回るイーサンを見つける。

名ばかりとはいえ、婚約者の弟の上に照明器具が落ちたのに、落下時に近くにいたイーサンはダルスの側へ行くこともせず、心配もしないらしい。

エミリアもダルスに対して決して良い思い出があるわけではないが、最近はまともなコミュニケーションが取れていることも事実、C組の生徒が集まっている場所へと向かうことにした。

＊＊＊

「照明が落ちてくるなんて、ダルスの日頃の行いが悪いからだろう？」

友人から面白半分に言われ、ムッとしたダルスは嫌そうに口をへの字に曲げる。

「俺の行いの何が悪いと言うんだよ」

「授業中に寝ているとか、平気で忘れ物をするとか、不真面目な態度？」

「眠くなるような授業をする教師が悪い。忘れ物はいつも何とかしているだろう」

忘れ物をする度、A組にいる姉に借りに行っていることを知っている友人は、心底呆れた目でダルスを見た。

「毎回、エミリアさんに借りに行って何とかしているんだろ？　エミリアさんって本当に優しいな。忘れ物ばかりするダルスの尻ぬぐいをしていて可哀想だよな」

毎日のように忘れ物をするダルスは、A組に行く口実を作るためわざと忘れているのではないかと、親しい友人達は疑いを抱いていた。

「アイツのことを、エミリアさんとか呼ぶなよ」

「は？　呼び捨てにするわけにはいかないだろう」

「あぁ？　呼び捨て、だと？」

「ダルス君！」

友人と話しているダルスのもとへ、桃色の髪をゆるいツインテールに結った女子生徒が駆け寄った。

「ダルス君、大丈夫だった？」

女子生徒は眉尻を下げ、心配そうに口元へ手を当ててダルスへ問う。

髪と同じ桃色の大きな瞳を揺らして、上目遣いで見上げてきた女子生徒と一瞬視線が合い、ダルスと会話をしていた男子生徒は頬を赤らめる。

「避けたから特に怪我もないし、平気だ」

「ああ、良かった。あのね、この後皆で図書館に行って勉強会をするんだ。ダルス君も一緒にどう？」

恥ずかしそうに小首を傾げ、目元を赤らめた可憐な女子生徒から誘われれば、大概の男子生徒は色めき立つだろう。

傍にいる友人達の羨ましそうな視線を感じつつ、ダルスは息を吐いた。

「悪い。先約があるんだ」

「え？」

あっさり断られるとは思っていなかったのか、女子生徒は笑顔のまま固まった。

固まる女子生徒、シンシアの後ろにいた男子生徒は目を吊り上げてダルスに詰め寄る。

「おいっ、シンシアさんが心配してくれるのに、そういう態度をとるのかよ。普段から女子に対する態度が悪い罰で、お前の上に照明が落ちてきたんじゃないのか」

「はぁ？　何だそれは？」

不快感を露わにしたダルスの眉間に皺が寄っていく。

「ダルス」

離れた場所から女子生徒の声が聞こえ、自分と対峙する男子生徒へ手を伸ばそうとしたダルスの動きが止まる。

「大丈夫だった？　怪我してない？」

生徒の間をすり抜けてやって来たエミリアの姿を見て、ダルスの眉間に寄っていた皺が消えた。

「あれくらいうまく避けられるって。エミリアとは違って俺は反射神経がいいの」

「私とは違うってどういうことよ」

ほんの少し前まで苛立っていたことなど微塵も感じさせないで、ダルスは何時も通りの意地の悪い笑みをエミリアに返す。

「……ダルス君、その人は誰？」

普段とは違うダルスの変化を目の当たりにして、シンシアは眉を顰めて怪訝そうに問う。

「俺の姉」

短く答えるダルスの視線はエミリアに向けられたまま、シンシアの方を見向きもしない。

シンシアがいると知らなかったエミリアは、何故か目を見開いて驚いていたが、すぐに笑みを作る。

「初めまして、ダルスの姉、エミリア・グランデと申します」

「……エミリア？　私はダルス君と同じクラスのシンシア・ミシェルです。よろしくお願いします」

数秒の間の後、エミリアの全身を頭の先から足へと一瞥したシンシアは、作り笑顔と分かる笑顔を向けた。

照明落下により一時中断していたクラブ紹介も生徒会と教師達のフォローで何とか終わり、一年生達は担任の指示で順番に各教室へ戻り始めた。

「エミリア」

教室へ戻ろうとするC組の生徒達の列を抜けたダルスは、友人達の声を無視してA組の生徒が待機する方へ向かう。

「どうしたの？」

「それ、リボンが解けているぞ」

ダルスが指差したのは胸元のリボン。

首を動かしてエミリアは自分の胸元を確認すると、リボンの結び目が解けかけていた。

腕を伸ばしたダルスがリボンの結び目を解き、結び直していく。

「あー、ありがとう」

「今日の昼飯は、俺も一緒に食べてやる」

返答も聞かず、言いたいことだけ言ってC組生徒達の列へ戻っていくダルスの後ろ姿を、目を丸くしてエミリアは見送った。

「うわぁ、あのダルスがリボンを結び直してあげるなんて、どうかしている。確かにお姉さんは可愛いけどさ。あの変わりようは……そりゃあ、上から照明くらい降ってくるわな」

「うるさい」

一部始終を見ていた友人を思いっきり睨み付け、フンッとダルスは鼻を鳴らした。

＊＊＊

長い一日が終わり、昇降口から正門へ向かって歩いていたエミリアは、夕陽を背に立っているメイドに気が付き足を止めた。

「お嬢様、お疲れ様でした」

「ノア、ール、来てくれたの？」

正門前で出迎えたノアール姿のノアは、駆け寄って来るエミリアの胸元で目を留めた。

ごく自然な動作で、エミリアが肩に掛けていた物がパンパンに詰まったトートバッグを抜き取り、ノアは自分の肩へ掛ける。

「今朝、持ち帰る荷物が多いとお聞きしましたから。あら？　リボンが変になっていますよ」

「ああ、本当だ。ダルスが結び直してくれたから変になったのね。気が付かなかったわ」

エミリアの答えを聞き、笑顔のままノアの片眉が動く。

「結び直しましょう」

「寮に戻れば着替えるのだから、結び直さなくてもいいよ？」

「駄目です。リボンを結ばれたこと以外、甘ったれ坊主に何かされましたか？」

身を屈めてノアはエミリアと目線を合わせる。

リボンを結び直しているだけなのに、吐息がかかるほど至近距離に彼の熱を感じてエミリアの頬が赤く染まっていく。

以前は、執事姿のノアに触れられても意識しなかったのに、メイド姿のノアールは艶やかな色気を漂わせている気がして、触れられると緊張してしまう。

現に、ノアの側を通った男子生徒達は、ノアール姿の彼を見て頬を染めていた。

「えーっと、その後はダルスと一緒にお昼ご飯を食べたくらい？　今日は珍しく喧嘩もしなかった」

「……そうですか」

リボンを結び終えてブラウスの襟を直したノアは、赤い唇を動かして笑みの形に変える。

白い肌に映える唇の鮮やかな赤色に、ついエミリアは見入ってしまった。

（メイドの格好をしているだけのノアなのに、ノアールの姿だと何でこんなに恥ずかしいのか

しら）
「お嬢様？」
「あ、ううん、帰ろうか」
当たり前のように差し伸べられたノアの手に掴まり、エミリアは女子寮まで今日あった出来事、新入生歓迎会の話をしながら歩いた。

新入生歓迎会の翌日。

昼食休憩時間になり、イブリアから誘われたエミリアは、昼食入りのバスケットを抱えて中庭へ来ていた。

一足先に中庭へ行っていたクレアは、エミリアとイブリアの姿を見付けると確保していたガーデンテーブルの前で手を振った。

「ほら、あの方が……噂の伯爵家の……C組のダルス様とは同い年の方」

「ダルス様って、あの粗暴な男子ね。躾のなっていない下品な振る舞いをしているそうよ。この前も女子生徒を泣かせたとか……その男子と同い年ということは、ご両親は……」

ベンチに座る女子生徒達の話し声が聞こえ、エミリアの足が止まる。

青色のリボンから女子生徒達は二年生、グランデ伯爵家の噂を知っていることから貴族令嬢だろう。

「まぁ、それで社交界に出てこられないわけね」

「デビュタントの舞踏会にも参加せずに、領地に引きこもっていたらしいわ」

「ご両親はそれを許したの？　A組になったのは、裏で何かしたのかしら？」

前のエミリアと幼い頃の経験から、陰口を言われるのは慣れている。でも、生徒達が多くいる中庭で、親しくなったクラスメイト達に聞こえるように言われるのは、体が震えてくる。

俯くエミリアの前に出たクレアは眉を吊り上げ、陰口を言って笑う女子へ近付いた。

「何かしたとは、何をしたのか教えてもらいたいわ」

「突然、何ですの？」

怪訝そうな顔をした女子は、腰に手を当てて睨むクレアの隣に立っているのが誰なのか知り、大きく目を見開いた。

「貴女達、確かな根拠があってそのような妄言を言っているの？」

「イブリア・ゼンペリオン……さん」

冷たい目で二年女子達を見たイブリアは、名前を呼び捨てにされかけて真顔になった。

雰囲気を変えたイブリアの変化を目の当たりにして、寒気がしてきたエミリアは身震いした。

「噂を鵜呑みにして陰口を楽しむ貴女達の品格を疑うわ。貴女達は……二年B組のモニカさんとビアンヌさん、でしたわね。エミリアさんは一年A組の中でも上位の学力をお持ちです。陰口を言う暇があるのでしたら、今度行われる試験の対策をされた方が良いのではないでしょうか」

「私達は今までエミリアさんと一緒に過ごしてきました。エミリアさんは噂とは全く違います」

声に怒りを滲ませるイブリアと女子の二人に反論され、二年生の女子達は悔しそうに唇を歪めた。

「私達は誰のことかなど言っていないわ」

「ご友人のことを言っていると、決めつけるのは失礼ではありませんか」

女子達は強気な姿勢を崩さず薄ら笑いを浮かべる。

このままでは、エミリアの名前を出していないのに疑われたと、彼女達から苦情を言われかねない。試験前に上級生と揉め事を起こすのは、成績と評価に響く可能性があった。

「イブリア様」

止めてとエミリアが続けようとした時、イブリアはフフッと声を出して笑った。

「では、一年C組のダルス・グランデさんの名前を出して彼を悪く言っていたのは、どう弁解されるのですか?」

「それは……その……っ、申し訳ありませんでした」

公爵令嬢を敵にまわすことは不利になると判断したのか、ダルスの名前を出してしまった自分達の分が悪いと判断したのか、女子達は数秒間視線を彷徨わせた後、イブリアに軽く頭を下げた。

「ちょっと、どうして?」

「いいから、行きましょう」

困惑する女子の腕を引き、顔色を悪くした女子はベンチから立ち上がると、逃げるように中庭から去って行った。

学年ごとに教室のある階が違うため、休み時間や放課後に偶然出会うか、クラブ活動や行事で関わらなければ彼女達とは顔を合わせることもないだろう。

緊張感から解放され、エミリアは安堵の息を吐いた。

「イブリア様、皆さんも庇ってくれてありがとうございます」

「いいって。私たちは友達でしょう」

「友達……」

同じクラスの知り合い、ではなく友達。

初めて言われた友達という言葉に胸がいっぱいになり、込み上げてきた涙で目を潤ませたエミリアは、自分のために怒ってくれた女子達に向けて深々と頭を下げた。

「エミリアさんはこんなにも可愛いのに……あの方々の発言は許せませんわ」

「ランチを終えたら先生に言いに行きましょう」

「わたくしは殿下に伝えておくわ。生徒会と風紀委員会に気にしてもらえば、次に何か起きてもすぐに対処してもらえます」

鼻息を荒くするイブリア達を見てエミリアは目を瞬かせた。

「私の両親が、お金儲けが大好きで下品で贅沢ばかりしているのは本当のことですし、私はデビュタントの舞踏会に不参加だった上に、学園入学前は領地から出ませんでした。ダルスもあんな性格だから悪く言われても仕方ないと思います」

両親に対する良い噂は聞かないし、ダルスも伯爵令息とは思えない粗暴な言動は直さない。失礼なことをしてダルスが女子を泣かせてしまったのなら、悪く言われても仕方がないと思う。

全て事実に基づいた陰口だったため、エミリアにはイブリア達が怒る理由が分からなかった。

「だからといって、学園での姿を見ずに噂を鵜呑みにして陰口を言っていい理由にはならないわ。最近、学園内の風紀が乱れていると殿下もおっしゃっていましたし……わたくし、放課後になったら殿下の元へ行ってきます。それから、ダルスさんの件ですが、彼に好意を持っていた女子が素っ気ない態度を取られて泣いた、と聞いています」

「ええっ、あのダルスに好意を持つ女子が、いたんだ……」

服装を整えて口を閉じていればそれなりの外見をしているとはいえ、全てにおいて面倒くさがりでエミリアに下らない悪戯をしかける愚弟に好意を持つ女子がいるなどと、信じられない。

「ダルスさんは一年生の中でも、運動が得意で剣技の授業の成績も優秀なのよ。粗暴さの中に時折見える優しいところが素敵だと、一部の女子達から、特に上級生から人気があるらしいわ。私は二年生の女子が告白して振られたという話を聞いたわ。あれ、まさか」

「え？」

辿り着いた答えに驚き、クレアとエミリアは顔を見合わせた。

二年生の女子達が刺々しかったのは、個人的な事情からだったのだ。振られた八つ当たりだと分かれば、迷惑には変わりないが微笑ましく思える、かもしれない。

気分の浮上したエミリアは、その後、イブリアとクレアと楽しく昼食を食べて、午後の授業開始前に教室へ戻った。

特別教室での授業終了直後、日直だったエミリアは一足先に教室へ戻り、施錠してあった教室のドアを開けていた。

ドアを開けて教室へ入ったエミリアは、妙な違和感を覚えて足を止める。

授業へ向かう前にはなかった違和感。

目を閉じて集中すると、魔力の残り香のようなものを教室の中央から感じる。

教師机横のフックに鍵を掛けて、強く魔力を感じる場所へとエミリアは慎重に歩く。

「あら？」

魔力を追って辿り着いた先は、エミリア自身の机。

机上と椅子は授業へ行く前と何ら変わりない。

腰を折り机の中を確認すると、中には見覚えのない白色の封筒が入っていた。

コクリと唾を飲み込み、机の中に手を入れて封筒を掴む。人差し指と親指で掴んだ瞬間、ピリッと静電気のような痛みが指先に走った。

「机の中にある封筒。ふわぁあ、これって、まさかっ」

授業中、教室の扉は施錠されていたはずだ。

自分が施錠したのだから、廊下の窓も施錠されているのは分かっている。いつ、机の中に入れられたのかと、疑問を抱いてエミリアは周囲を見渡した。

(何で机の中に入っているの？　鍵はかかっていたと思うし、学園内は魔法の使用は制限されている。まさか、合い鍵を使って教室内へ入ったってこと？　果たし状じゃないよね？　ま、まさかラブレター？　ええー？　私の机にコレを入れるために入ったってこと？　前と今を合わせても、代

筆だと分かるイーサン様からの手紙以外は、苦情の手紙や請求書以外、ラブレターなんて初めて貰ったわ）

様々な考えが脳内を駆け巡り、エミリアは頭を抱えて身悶える。

施錠をしている教室に入るのは難しく、クラスの誰かがこの手紙を入れたのかもしれないし、施錠確認をしたエミリアの責任を問われるかもしれない。

緊張の面持ちで、エミリアは封筒の開け口を破ろうと、人差し指と親指に力を入れた。

「……ふーん」

「ひっ！」

至近距離から聞こえた声に、エミリアは跳び上がらんばかりに激しく体を揺らす。

「机の中にこんなものを入れるとか変な奴だな。Ａ組は教室に鍵をかけてないのかよ。不用心だな。そして怪し過ぎるだろコレ。ヤバイものかもしれないし、俺が貰っておくよ。あとさ、エミリアが男からラブレターを貰うことは絶対にないから」

「何それ失礼……って、その前に何で此処にいるの？　ちょっと、ダルス！」

背後に立って一息でそう言い切ったダルスは、振り向いたエミリアの手から、素早く封筒を抜き取る。取り返そうと手を伸ばすエミリアをひらりとかわして、封筒を持つ手を高く上げたダルスは意地悪な笑みを浮かべた。

「俺が読んでみて面白そうな内容だったら返してやるよー」

「こらー！　待って、待ちなさいよー！」

顔を真っ赤にして追いかけようとするエミリアを嘲笑うように、ダルスは教室を出て行き廊下を一気に走り抜けて行った。

＊＊＊

教室棟の裏へ来たダルスは、エミリアの手から奪い取った封筒を掲げて陽の光で透かし見る。

「はっ、やっぱりな」

透かして見えたのは黒色の板状の物。

封筒の開け口に触れて、仕込まれている物の感触を確認したダルスは舌打ちした。

「剃刀を仕込むとか、コレの贈り主は何考えてんだ。込められている悪意に気が付かないであの馬鹿。こんなもん貰って喜ぶなよ」

教室の窓から特別教室棟の廊下を歩くエミリアの姿を見付け、適当な理由を付けて教室を抜け出して来て良かった。息を吐き、ダルスは片手で頭を抱える。

「此処ではあの執事はいないのに、馬鹿女」

実家で暮らしていた頃は、常にエミリアの側には恐ろしい執事と元冒険者達が張り付き、四六時中彼女を守っていた。

幼い頃から警戒心が強く、慎重に行動しているように見えてどこか抜けていて鈍感な異母姉は学園では無防備で、危なっかしくて目が離せない。

（A組はエミリアと一緒に授業へ行っていたはずだ。エミリアに危害を加えて、ゼンペリオン公爵令嬢に喧嘩を売るようなことはしない。となれば、他のクラスの奴か……）

封筒に残る魔力の残滓を探るため、ダルスは探索魔法を展開しようと両手に魔力を集中させた。

その瞬間。

「許可された場所以外、学園内での魔法の使用は禁止されていますよ」

近付く足音も気配も感じさせず、背後に出現した人物にダルスはビクリと肩を揺らした。

「そのお手紙、私が預かってもよろしいでしょうか」

「な……くっ、お前、いつの間に来ていたんだ？」

ゆっくりと振り返れば、ダルスの背後にいたのはエミリア専属メイド、ノアールだった。

メイドではなく貴族の淑女といった雰囲気を持つ女性、ノアールから発せられる威圧感にダルスの全身は強張っていく。

いつの間に近付いたとか、何故此処にという疑問を問う前に、彼女の気配に全く気が付けなかったことと苦手意識を抱いていた相手を前にして、ダルスの額から顎にかけて冷や汗が流れ落ちた。

「素敵なお手紙は、私が適切に処理をしておきましょう。坊ちゃんが処理すれば、面倒なことになりますよ。それに、お手紙には返事をしなければなりませんから、ね」

口元は笑みを作っていても、声には刃物を彷彿させる鋭い響きが混じり、向かい合っているダルスの背中に冷たいものが走り抜けていく。

急に太陽が雲に隠れて辺りが暗くなっていき、ダルスと向かい合うノアールの顔に影を落とす。

気を抜けば震え出しそうになる手足に力を込めて、ダルスは目を逸らしたくなる自分を叱咤し、ノアールと視線を合わせた。

「分かった」

たかがメイドに従うなどと、ダルスにとっては不本意だが、本能が逆らうなと警告音を鳴らす。

その圧力に屈したダルスは、震える手で封筒を差し出した。

その後、震えを抑えるためという大義名分で少々サボり、次の授業に遅れたダルスが一年C組へ戻ると、授業開始時刻は過ぎているのに授業担任の姿はなく、生徒達は落ち着かない様子だった。

生徒達の様子から、教室にいないダルスを探すため授業担任が不在になっているのではなさそうだ。

自分の席へ戻り、何か起きたのか隣の席の男子生徒に訊ねる。

「授業が始まってすぐにシンシアちゃんが貧血を起こして倒れたんだよ。今、先生が背負って保健室へ連れて行ったところ」

「倒れた？」

「見舞いに行きたいけど、行っても中に入れてもらえないかな。シンシアちゃん大丈夫かな」

クラスの生徒達はシンシアの心配半分、自習になったことへの喜び半分といったところだった。

心配している生徒の多くは男子で、心配する女子の声はほとんど聞こえてこない。シンシアに対して無関心か自業自得だと言い捨てる女子もいて、ダルスは教室内の異様な雰囲気に眉を顰めた。

（シンシア・ミシェルが貧血で倒れただと？　それに、教室内に漂うこの靄は何だ？　このどぎつい匂いは……くっ）

教室内に充満している妙な靄に、他の生徒は気が付いていないようだった。

さらに、封筒から香った独特な香料と同じ香りがそこかしこからしていて、匂いに耐えきれずに立ち上がったダルスは中庭側の窓を全開にした。

＊＊＊

手加減したとはいえ、闘気を浴びせたのに気絶しなかったダルスは、伯爵家にいた頃よりは成長しているらしい。

「フッ、甘ったれ坊ちゃんも少しは使えるようになったか」

パチンッ、と指をならしたノアールの姿がぐにゃりと歪み、別の形へと変化していく。

魔法を解いて元の姿に戻ったノアは、片手で顔を覆いそのまま後ろへ撫でつけていた前髪を崩した。

風が吹き抜けていき、陽光で金色に輝いて見える髪を乱す。

糊で封をされた封筒の開け口を剥がして、ノアは口角を上げた。

「剃刀を仕込んだ封筒の内側に、呪詛の術式を書いてあるとはご丁寧なことだ」

勢いよく封筒を開けば、中に仕込まれていた剃刀の刃が外れ、地面に落ちる前に砕け散る。

開いた封筒の内側には、古代文字による呪詛の羅列が並んでいた。

「女の嫉妬とは、かくも恐ろしいものだな」

呪詛の文字を指先がなぞり、なぞった文字が紙から抜き出てきてノアの周囲を漂う。全ての呪詛の文字が封筒から抜け出てくると、封筒から炎が上がり、瞬く間に灰と化した。

浮遊する漆黒の文字はノアの手の中へと集まっていく。

「俺のお嬢様に悪意を向けたことを後悔するがいい」

手の中で呪詛の文字は溶け、一つの漆黒の球体となる。ノアが何かを呟くと、球体は紐状に解けていき先端から消えていった。

次の授業……ノアは知る由もないがダルスが遅れた授業……の頃には、犯人は自分が向けた悪意の報いを受けていることだろう。

二章　一度目の学園生活との相違点に戸惑う

謎の封筒が机の中に入っていた日以来、封筒を置いた生徒が近付いてくるのではと気にしていたエミリアは、特に変化のない日々に少しだけ気落ちしていた。

前も今のエミリアも、誰かからラブレターをもらった経験はなく、名ばかりの婚約者とは違い自分に好意を持ってくれた男子がいて、初めての彼氏が出来るのかもしれないと期待していたのに。

「おはようございます」

「おはよう」

今日も校門を入った時から身を引き締め、顔見知りになった生徒には自分から挨拶しているのに、変化は何もない。

(でも、今日はきっといいことがあるはずだわ。ラッキーアイテムを身に着けているもの)

昨日の夕刊に載っていた占いコーナーを信じて、少しだけ派手な下着を身に着けてきたのだ。

普段はメイド任せの下着選びを自分でしたことに、ノアは少しだけ怪訝そうな顔をしたが、特に何も指摘せずにエミリアを見送った。

淡い期待を胸に抱き、エミリアはクレアと一緒に一年A組へ向かっていた。

一年生の教室は教室棟の三階。荒い息を吐きながら階段を上る。

四階建ての教室棟に魔石を原動力にしたエレベーターはあるが、身分に関係なく基本生徒の使用は禁止だ。自らの足を動かして移動する大切さを学び、基礎体力を向上させるためという理由らしい。

息を切らして階段を上りきり、教室へ続く廊下を歩き、曲がり角を曲がろうとした時、突如エミリアの目前に黒い人影が現れた。

「うぎゃっ」

出会い頭にぶつかった黒い人影に弾き飛ばされて、よろめいたエミリアは後方へ尻餅をついた。

「いたぁっ」

エミリアは顔を上げて手を差し伸べた男子生徒の顔を見て、固まった。

「ええっと、君は大丈夫？」

廊下の窓から射し込む陽光が煌めき、心配そうにエミリアの顔を覗き込む男子生徒を装飾している。

青碧色の髪、切れ長の紺青色の瞳に高い鼻梁、意思の強そうな薄い唇。銀縁眼鏡をかけた知的な正統派美青年が目前に立っていた。

幼い頃からノアが傍にいて美形への耐性がなければ、そして彼が誰か知らなければ、きっとこの男子生徒に見惚れてしまっていただろう。

（あれ？　えっ、まさか……きゃあああー⁉）

太股に触れた床の冷たい感触に、身じろいだエミリアは顔を動かして絶叫しそうになった。

「だい、大丈夫、です。私の前方不注意です。すみませんでした」

捲り上がったスカートの裾を掴んで引っ張り、剥き出しになった太股を隠す。床に強かぶつけた尻の痛みと羞恥から、エミリアは涙目になりながらも必死で謝った。

ぶつかったのは知的貴公子な外見をした二年生の生徒会役員、次期生徒会副会長候補でもあり、父親は宰相というウォルター・ブルーム。

混乱する思考の片隅で、何故一年生の教室がある階にウォルターが一人でいるのかと、脳内を大量のクエスチョンマークが飛び交う。

一刻も早くこの場から離れようと、エミリアは右足に力を入れて立ち上がろうとした。

「いっ」

立ち上がろうとして、右足首に鈍痛が走り腰を浮かせて立つことが出来ず、エミリアは再び廊下に座り込んだ。

座り込んで涙目になっているエミリアの様子に、足首を痛めたと気付いたウォルターは眉を顰めた。

「捻ったみたいだな。此処では回復魔法は使えないから、今から保健室へ行こう」

学園の敷地内には結界が張り巡らされており、許可された場所でしか魔法は使用出来ない。

「い、いいえ、何とか自分で、歩けます。遅刻はしたくない、ので」

左足に力を入れて、気力で立ち上がったエミリアがぎこちない笑みを作って言えば、ウォルターは困った表情になった。

建国以来、国の中枢を担うブルーム侯爵家次男のウォルターは、常に冷静沈着で教師からも信頼されている。しかし、巧妙に隠された裏の顔は人心操作に長けた冷酷なもので、王太子の邪魔になる者を秘密裏に潰すという、とんでもないものだった。何故エミリアがそれを知っているかといえば、前のダルスを退学に追い込んだ張本人だからだ。

いくら見目麗しい貴公子で次期生徒会副会長でも、また、前のダルスに関してはウォルターの判断が正しいとしても、その冷酷さを知っていれば関わりたくない相手だった。

「あの、朝のホームルームが終わったら保健室へ行きます。ご心配をおかけしてしまい、すみません」

今にも泣きそうになっているエミリアの様子から、これ以上の関わりは駄目だと感じ取ったのかウォルターは優しく微笑む。

「そこまで言うなら、分かったよ。無理はしないで必ず保健室へ行って治療を受けてくれ」

心配そうにエミリアを気遣いながら、ウォルターは立ち上がり階段へ向かって歩いて行った。

ウォルターが見せた気遣いの中に含まれた妙な違和感。途中から妙に視線が合わなかったというか、エミリアから目を逸らしていたような……？

何か気に障ることをしてしまったのかと、自分の両腕を抱いて身震いしていたエミリアは、先程の自分の状態……スカートが捲（めく）れてしまっていた可能性が高い……に気づいて真っ赤になった。

朝のホームルーム後、トルース先生の許可を得て保健室へ向かうエミリアの肩をクレアが支える。

「わたくしもついて行きたいのだけど……」

「クレアさんが一緒だから大丈夫です。先生から頼まれた用事を優先してください」

「薬草学の先生には、遅れることを伝えておくから気を付けて行ってね」

「ありがとうございます」

教室前で見送るイブリアと友人達に手を振り、ゆっくり階段まで歩く。

片手で階段の手摺を持ち、もう片方の手はクレアの肩に回して校舎一階へ下り、体重をかけないよう慎重に特別教室棟の保健室へ向かった。

コンコンコンコン。

クレアが保健室の扉をノックすると、室内から「どうぞ」という男性の声が返ってくる。

クレアに肩を借りて入室したエミリアに向けて、保健医のブレイン先生は優しい笑みで迎えた。

「君たちは一年生だね。どうしたんだい？」

やわらかく微笑んで出迎えたのは、肩より少し長い乳白色の髪を耳にかけ、少し垂れた灰色の瞳と目元の泣きぼくろが柔和な印象を与える保健医ブレイン先生。

魔法や薬学にも精通していて保健医兼薬学の授業も行っており、二十代後半くらいの見た目にしては落ち着いた雰囲気を持つ彼は、学園内の男性教諭の中でも女子からの人気が高い。

かくいうクレアもブレイン先生に憧れている一人で、エミリアの心配とブレイン先生に会えるからという動機もあって、保健室までの付き添いを申し出たのだ。

「一年A組のエミリア・グランデです。廊下で転んで右足を捻ってしまいました」

「じゃあ、そこの椅子に座って靴と靴下を脱いで」

捻挫した右足首を庇いながら、ピンク色の座面の回転診察椅子へ座り、痛みを堪えて靴と靴下を脱いで右足だけ素足になる。

執務椅子から立ち上がったブレイン先生は、エミリアの前で身を屈めて、腫れて熱を持つ足首へそっと触れた。

「いたっ」

冷たい指先が筋に沿って触れたことで、足首に鈍い痛みが走る。

「強く捻ったみたいだね。骨に異常はないけど筋を痛めている。よくここまで歩いて来たね。痛かったでしょう。治癒魔法をかけるよ」

にっこりと微笑んだブレイン先生は、足首に軽く触れて治癒魔法を発動する。

治癒魔法の淡い黄緑色の光が足首を包んでいき、瞬く間に痛みと腫れは治まった。

「これでよし」

「ありがとうございます」

お礼の言葉を言うエミリアの頭を軽く撫で、立ち上がったブレイン先生は目を細めた。

「エミリアさん、君の魔力は変わった色をしているね。これは、水色と金色かな？　二つの異なる魔力の色が重なり、上手く混じり合っているね。僕も初めて見る色だ」

「二重の魔力、ですか？」

言われた言葉の意味が分からず、エミリアは首を傾げる。初めて魔力を測定した時も、入学時の測定でも言われたことはなく、魔力が二重など初めて指摘された。ブレイン先生も考え込んでいる。

彼の後ろにある壁掛け時計の針が、次の授業開始三分前を示していることに気付き、エミリアは慌てて脱いだ靴下と靴を履いた。

教室へ戻ろうとクレアと顔を見合わせた時、ガラリと音を立てて扉が開く。

「先生」

ノックもなしに保健室の扉を開けたのは、見覚えのある桃色の髪の女子生徒だった。

「やあ、シンシアさん」

ブレイン先生の隣に立つエミリアを見て、シンシアは動きを止めて大きく目を開いた。

「あ、貴女はダルス君の……エミリアさん。どう、して？」

見るからに顔色が悪いシンシアの声は僅(わず)かに震えていた。

「シンシアさん。体調が悪いのですか？」

「は、はい。眩暈(めまい)がするので、少し休ませてください」

「顔色が悪いね。ベッドで横になりなさい」

ベッドへ移動するシンシアを横目に、エミリアはブレイン先生へ頭を下げて保健室から退室した。

捻った右足首の痛みは無くなり、少し早歩きでエミリアとクレアは教室棟へ向かう。

「シンシアさん、体調悪そうだったね。ブレイン先生と親しげだったのも気になったわ」

ブレイン先生と親しげな様子だったシンシアが気になるらしくクレアは唇を尖らせた。

「親しげなのは、シンシアさんが保健衛生委員だからじゃない？」

「そうならいいけれど、ブレイン先生もシンシアさん派になったら嫌だな」

「シンシアさん派？　何それ？」

「彼女、一部の男子から人気があるんだよ。噂だと、二年生とお付き合いしているみたい」

「へぇー」

(派閥にダルスは入っているの？　シンシアさんが付き合っている方は、イーサン様のことね)

今のところ、ダルスはシンシアへの付きまとい行為をしておらず、毎日のようにエミリアのところへやって来ている。付きまといや嫌がらせ行為をしたという理由で、退学処分になる可能性は低い。

気になったのは、新入生歓迎会では接点がなかったシンシアとイーサンが、前の時と比べて親密になるのが早いこと。

(これは、前よりも早い段階で婚約破棄される可能性もあるわね。いえ、婚約解消かしら)

現状であれば、ダルスの素行を取り沙汰して婚約破棄を宣言するよりも、イーサンとエミリアの不仲を理由に婚約解消に持ち込むほうがずっと簡単だ。両者合意の婚約解消であれば慰謝料は発生せず、グランデ伯爵家が破滅する可能性もぐっと下がる。

自然と口元がゆるみだし、クレアの手を取ったエミリアはスキップをしながら教室へ戻った。

衝撃的な朝の出来事を忘れるくらい平和な一日を過ごしたエミリアは、背伸びをして黒板消しを動かして黒板を綺麗にしながら、日直の日誌を書いているイブリアを待っていた。

「何かしら？」

廊下から女子の黄色い声が聞こえてきて、丁度日誌を書き終わり筆記用具をペンケースにしまっていたイブリアは、怪訝そうに顔を上げた。

黒板消しを手にしたエミリアも、廊下の方へ目を向けて黄色い声の原因を知る。

頬を染めている女子達に軽く手を振って教室へ入って来たのは、艶やかな金髪を窓から吹き抜ける風になびかせた見目麗しい男子生徒。

青色のネクタイと見た目から、彼は二年生の次期生徒会長で王太子のアレックス・ハリー・レティシアだと分かり、エミリアは姿勢を正す。

「イブリア、迎えに来たよ」

「あら、今日はどうしましたの？」

突然迎えに来た婚約者に対して、取り繕うことはせず歓迎していないと分かるイブリアの態度に、アレックスは苦笑いする。

「冷たいな。どうしましたかではないだろう。今日は君とどうしても話したいことがあって、一緒に生徒会室へ来てほしくて迎えに来たんだよ」

「どうしても話したい事、ですか？　先約がありましたのに……エミリアさんごめんなさい。また必ず誘ってくださいね」

至極残念そうにエミリアへ言い、イブリアは椅子から立ち上がった。

日直の日誌をトルース先生へ提出してから、魔法学で出された課題の参考文献を探しに、エミリアとイブリアの二人で図書室へ行くつもりだったのだ。

いくらイブリアとはいえ、わざわざ教室まで迎えに来た王太子を無下には出来ない。

「すまない……で、イブリア、そちらの女子は？」

視線を向けられたエミリアは、慌てて黒板消しを黒板に戻し、軽く手を叩いて頭を下げた。

「お、お初にお目にかかります殿下、エミリア・グランデと申します」

「ああ。君のことは、イブリアから親しくしている友人だと聞いている。イブリアをよろしく頼むよ。それから……学生生活で困ったことがあれば、遠慮せず生徒会に相談してほしい」

「ありがとうございます」

今朝、ぶつかったウォルターと同じく、前の生では行事以外は関わることはなかった王太子殿下。エミリアの頭の先から足元まで見下ろすアレックスの視線は、彼に憧れている女子生徒だったら歓喜の悲鳴を上げたはず。

しかし、エミリアからしたら王太子は憧れるどころか、関わりたくない相手だった。エミリアにとって、アレックスの視線はまるで、自分とイブリアにとって有害になるか無害になるかを見定められているように思えたからだ。

教室の窓を施錠して廊下に出たエミリアは、並んで歩くイブリアとアレックスの後ろ姿を見送った。

ごく自然にイブリアの腰へ手を回し、アレックスは婚約者をエスコートして歩く。

（お二人はとても仲良く見えるのに、何故、前の時にはイブリア様ではなくシンシアさんが王太子妃になっていたのかしら？　私が退学してから、学園内で何かがあったの？）

前のエミリアが退学処分を受ける前、婚約破棄宣言をするイーサンの隣にはシンシアがいた。

時間が巻き戻った今となっては、イーサンと恋人だったシンシアが一転して王太子妃となった経緯を知る由もなかった。


図書室で借りた分厚い本入りのトートバッグを肩に掛け、女子寮の自室へ戻る頃には、夕陽の茜色と夜の藍色が混ざり合う時刻になっていた。

（遅くなったから心配しているかな……）

図書室での調べ物は課題のためでもあったが、半分は寮へ戻る時間を遅くするためだった。

なるべく足音を立てないように廊下を歩き、深呼吸をしたエミリアは静かに部屋の扉を開ける。

「お帰りなさいませ、お嬢様」

扉を開けてすぐ、目の前に立つノアの存在にエミリアは激しく動揺して、悲鳴を上げかけた。

他の女子生徒を気遣い、出かかった悲鳴を飲み込んだ自分を褒めてあげたい。

「た、ただいま。ノアール」

いつもならノアに手渡すトートバッグを離せずに、エミリアは両手で抱き締める。

「今朝、お忘れになった物はありませんでしたか？」

「ええーっと、その」

作り物じみたノアの綺麗な笑みに圧倒され、良い言い訳が思い浮かばないエミリアの視線が泳ぐ。

もう一人いるはずのメイドの姿は室内にはなく、何故か他の部屋からも音が聞こえない。

「ありましたよね」

「ご、ごめんなさい。ブルマを穿いていきませんでした。ラッキーアイテムがパンツだから、ひっ」

正直に答えたエミリアをじっと見詰め、ノアは器用に片眉を上げた。

「ラッキーアイテム？　お嬢様……まさか、誰かに下着を見られましたか？」

部屋の温度が下がった気がして、鞄を抱き締めるエミリアの手に力がこもっていく。

「じ、事故だったの。前から来た人とぶつかって転んだ時に、その、スカートが捲れて見えちゃったかも、しれない」

「お嬢様、貴女という方は……」

涙目になったエミリアは、引きつる口元を動かして微妙な笑みを作る。

今、エミリアが穿いている下着の柄を思い出したノアは、思わず片手で顔を覆った。

抱き締めていた鞄をノアに渡し、エミリアは制服のジャケットを脱いでハンガーに掛ける。

ハンガーに掛けたジャケットをノアへ手渡そうとして動き、広がったワンピースの裾を目にした彼の眉間に皺が寄った。

「お嬢様の足に触れた者がいますね」

「触れたというか、転んで足首を捻ったから、先生に治癒魔法で治してもらっただけ、だよ」

無表情になったノアはエミリアへ近付き、彼女の腕の中からトートバッグを抜き取る。

「ノアール？」

「まったく……」

きょとんとするエミリアの肩をノアは軽く押した。

軽く押されただけなのにエミリアの体は後ろへ傾き、とさりと後ろにあるソファーに座った。

弾力のある座面と置かれていたクッションのおかげで、押されたエミリアの背中と尻は痛くない。

空気が揺れてノアールの輪郭が歪み、メイドの偽装を解いていく。

メイド姿から元の執事の姿へ戻したノアは、身を屈めて床に片膝をつきエミリアの右足首に触れた。

「男に足を触れさせるなど、貴女は危機感というものを持っていないのか」

足首に触れるノアの手から魔力が流れ込んできて、エミリアは肌が泡立つのを感じて身じろいだ。

初めてノアに会った時、魔物から受けた傷に治癒魔法をかけてもらって感じた、全身が熱くなる不思議な感覚。

あの時と同じ感覚に襲われ、スカートを握りエミリアは熱に呑まれそうになるのを堪える。

「足に触れたといっても、治癒魔法をかけてくれた先生に、だよ？　ノア、急にどうしたの？」

「なに、を？」

問いに答えず立ち上がったノアは、ソファーの背凭れを掴み彼女に覆いかぶさった。

後頭部に回された手のひらによって動きを制限され、エミリアが状況を理解する前にノアは首筋へ顔を埋め、唇で肌に触れた。

「痛っ」

首筋にチリッと痛みが走り、次いでノアの唇が触れている部分が熱くなる。

「何を、したの」

首筋から顔を離しても、互いの息遣いを感じられるくらい二人の距離は近い。

いくらノアの端正な顔立ちを見慣れているとはいえ、至近距離から見詰められると胸が高鳴る。

赤く染まったエミリアの頬と、自分が口付けた首筋に触れたノアは満足して口角を上げた。

「かけている守護を強くしただけです」

「守護？　あ、」

上半身を起こしたノアとの隙間が空いていき、離れるのが寂しくて思わずエミリアは彼のジャケットを掴んだ。

一瞬だけ目を開いたノアの目元がゆるむ。

「困ったことがありましたら、私の名前を強く念じてください。すぐに貴女の元へ駆け付けます」

手を伸ばしたノアは、エミリアの髪を一房取るとそっと毛先に口付けを落とした。

髪を一掬い手にしたノアは毛先に口付けた後は、何事もなかったかのようにエミリアから離れ、メイドのノアールへと姿を変化させた。

エミリアの手を引き立ち上がらせると、慣れた手つきで制服から部屋着へと着替えさせていく。

「飲み物を用意させます。ごゆっくりお過ごしください」

ブラウスを手にしたノアは、エミリアの髪を一房手に取りそっと口付けてから部屋を出て行った。

「お嬢様？　どうかされましたか？」

思考が停止していたエミリアの起動スイッチが入ったのは、買い物をしに出掛けていたメリッサが帰って来た後だった。

翌朝、いつもと全く変わらないノアに対して、彼の顔を直視できないまま、エミリアは登校した。授業をいくつか終えても、休み時間になれば昨日のことを考えてしまう。

（昨日のアレは何だったの？　ノアは私にかけている守護魔法を強化したって言っていたけど、首にしたのってどう考えても、キ、キス？）

首筋の赤い吸い痕は、幸い髪で隠れてぱっと見では分からない。

低めの体温で触れた指先は冷たかったのに、首筋に触れた唇と吐息は熱かった。

（首が赤くなっていたのは、ノアがキスマークを付けたのね。どうしてこんなことをしたのかな）

「エミリアさん」

思考に耽るエミリアは、イブリアの声に気が付かず中庭を歩く。

（いつの間に、ノアは私に守護魔法をかけていたの？　キスマークが守護魔法の強化って、そんな）

「エミリアさんってば」

耳元で聞こえた声に驚き、エミリアは大きく体を揺らした。

「はいっ？　な、なんでしょうか？」

「どうしたのです？　なにか気に」

ガタンッ！

続くイブリアの言葉に重なるように、何かが頭上の教室の窓にぶつかる音が聞こえて、次いで周囲から悲鳴が上がる。

「ああっ⁉　危ないー！」

「避けてっ！」

悲鳴に反応して上を向いたエミリアが見たものは、教室棟の三階にある教室の半分開いた窓。

開いた窓の近くに置かれていたバケツが何かに押され、窓の外へと落下していくのがゆっくりとした動きで見えた。

窓の外へ落ちたバケツが傾き、中に入っていた水が零れだし……木の葉を巻き上げる突風が中庭を吹き抜けていき、風に流されたバケツは落下の方向を真下ではなく斜めへと変えていく。

ばしゃーん！

「きゃあああー！」

地面へ落下したバケツの水が辺り一面に飛び散り、数秒遅れて落ちてきたバケツの直撃を受けた女子生徒は、衝撃で地面へ膝をついた。

「大丈夫ですか⁉」

倒れた女子生徒へ駆け寄る男子生徒、バケツが落ちて来た教室の窓を見上げる生徒、先生を呼びに走る生徒など、辺りは騒然となる。

「一年の教室から落ちたんだわ」

「でもあのクラス、二時間続きの実技の授業へ出ていて誰もいないはずよ？」

ずぶ濡れになった女子生徒の元へ、二人の男子生徒が駆け寄り呆然とする彼女の顔を覗き込む。

「シンシアちゃん大丈夫⁉」

「突風が吹いてバケツが落ちたのか？　それとも誰かが落としたのか！」

「先生のところへ行こう」

ずぶ濡れになった女子生徒の姿は、駆け寄った数人の男子生徒達に囲まれて見えなくなった。

（え、シンシアさん？）

男子生徒達の隙間から見えたピンク色の髪は、水に濡れたせいかいつもよりも目立っていた。

今朝、顔を合わせたダルス曰く「つまらない授業ばかり」だというC組は、前の授業も次の授業も教室で行っていたはず。

休み時間でも、移動する理由はないシンシアが中庭を歩いていたことに、引っ掛かりを覚えた。

「うわぁ……窓際に置いてあったバケツが風で落ちたのかな？　もしかしたら、私達の上に落ちてきたかもしれなかったのね」

「立ち止まらなかったら危なかったわ。あら？　水をかぶったのは、C組の方かしら？」

「気の毒だけど、授業に遅れてしまうから行こう。シンシアさんはクラスの男子が助けるでしょ」

中庭に設置されている時計を確認して、立ち止まっているエミリアの背中をクレアは軽く押す。

「う、うん」

特別教室棟へ向かって歩くエミリアの横を、職員室から駆け付けた教師達が走り抜けて行く。

教師の声に振り向けば、生徒指導担当のジョージ先生が男子生徒達に教室へ戻るように言っていた。

男子生徒が移動すると地面に膝をつくシンシアの姿が見えて、エミリアは背中に寒気が走った。明らかにシンシアはエミリア達を睨み付けていたのだ。

（え、怖い。何故、私達を睨んでいるの？）

横へ動いたジョージ先生の体によってシンシアの視線は遮られて、幸いにも彼女と視線が合うことは無かった。

気のせいだということにして、エミリアは逃げるように特別教室棟へ入った。

一年A組の女子生徒達が特別教室棟へ入り、彼女達の後ろ姿を睨み付けていたシンシアは教師達の問い掛けには答えず、両手の指先に力を込めて爪を立てて地面を抉る。

「何で、何で、私に水がかかるの？　どうしてよ？」

多くの生徒達に目撃された羞恥心と、バケツの水をかぶったのが自分だという悔しさから、シンシアは全身を震わせていた。

午前中の授業が終わり、昼食休憩へ入る頃にはバケツが落下して中庭に出来た水溜まりは乾き、痕跡すら残っていなかった。

中庭のガーデンテーブルにお弁当を広げ、エミリアは友人達と昼食を楽しんでいた。

「そういえばバケツの水をかぶって、ずぶ濡れになった方は大丈夫かしら？」

一年A組は教室の配置がC組とは離れているせいか、バケツが落下したことやシンシアがどうなったのか聞こえてこない。

バケツが置かれていたのは、生徒不在の一年B組の窓だった。

原因は風だとしても、大量に水が入ったバケツが簡単に落ちるのかと、エミリアは首を傾げた。

「あの後は、心配だって落ち着かない男子と一部の女子が言い争いを始めて、授業にならなかった。今もクラスの中は、険悪な雰囲気になっている」

「それは大変ですね」

背後から聞こえて来た男子生徒の声に、イブリアは相槌をうつ。

頷きかけたエミリアは、背後に立つ男子生徒が誰か確認して、ぎょっと目を見開いた。

「ダ、ダルス⁉　何をしているのよ！」

昼食とお喋りに夢中だったとはいえ、挨拶も無く自分よりも身分の高い公爵令嬢の会話に参加するなど、エミリアを介してA組の女子と多少親しくなっているとはいえ失礼極まりない。しかしダルスは全く気にせずハッと鼻を鳴らした。

「クラスにいても空気悪いし、エミリアが下に見えたから飛び下りてきた」

「飛び下りた？　窓から？」

一年生の教室は教室棟の三階。窓から飛び降りたのに大騒ぎになっていないのは、また内緒で隠遁魔法を使ったのだ。

眉を吊り上げたエミリアを無視して、椅子に座ったダルスはサンドイッチに手を伸ばす。

「あー！　私のサンドイッチッ！」

「一つくらい別にいいだろ」

「エミリアさん落ち着いて。ダルス様から、C組の様子を教えてもらいましょう」

ティーカップを置いたイブリアは、火花を散らして睨み合う姉弟のやり取りに苦笑いする。

「シンシア嬢が降って来たバケツの水をかぶったって、大騒ぎした奴が教室から飛び出していってさ。出て行った奴等を連れ戻すって先生も教室から出て行って、授業が潰れたよ」

「あら、ダルス様はシンシアさんのところへは行かなかったのですか？」

食後のマフィンを手にしたクレアは、面白そうに笑い交じりで問う。

問い掛けにダルスは顔を顰めた。

「そんな面倒なことはしない。それに俺はああいう女子は苦手だから、近付きたくもない」

「そうなんだ」

意外なダルスからの答えを聞き、エミリアは彼を凝視する。

「何だよ」

「意外だなって思ってね。シンシアさんは、ダルスの好みのタイプかなって思っていたから」

前のダルスは、シンシアのことを「女神」と呼んで執着していたと聞いた覚えがある。受け入れてもらえないと分かると、逆恨みに似た歪んだ感情を抱き、付きまとい行為を繰り返していたのに。

見た目と性格が以前と変わっても、女子の好みも変わっているとは思っていなかった。

（ダルスがシンシアさんと関わらないのなら、前と違う展開を期待出来るのよね？）

巻き戻ってからの六年間、知識やマナーを身に着けてほしいと家庭教師を介して訴え続けたおかげで彼の性格を矯正出来たのだと、感激のあまり涙が出そうになった。

「だから違うって。俺の好みは……特にない」

目を潤ませているエミリアを横目で見て、口ごもったダルスはすぐに視線を逸らした。


バンッ！

放課後、勢いよく開いた教室の扉の音に驚いた生徒達は、何事かと一斉に声の主の方を向いた。

扉を開いた男子生徒は、険しい顔で教科書を鞄に入れて帰り支度をしていたエミリアを睨んだ。

「……潰しましょうか」

「ノアール、止めて」

ブティックへ行き、採寸をする予定でエミリアを迎えに来ていたノアは、男子生徒を見て眉を顰めた。

「イーサン様、どうかされました？」

駆け寄って来るイーサンへの不快感を押し止めて、エミリアは対外的な笑顔を作る。

「エミリア！　お前は俺と親しいという理由だけで、シンシアに嫌がらせをしたのか！」

鼻息荒いイーサンを潰そうと、ノアが横に動くのが視界の隅に見えて、エミリアは引きつる口元を隠すため小首を傾げた。

「シンシアさんに私が？　嫌がらせをした、ですか？　私は嫌がらせなどしておりません。弟と同じクラスという以外に接点はありませんし、これからも関わるつもりもありません」

「しらばっくれるな！　俺とシンシアが親しくしているから嫉妬しているんだろう！　バケツの水をかけたのはエミリアの仕業かもしれないと聞いた。あれは事故だったと、イブリア嬢と教師達を上手く丸めこんだようだが、俺は誤魔化せないぞ！」

額に青筋を浮かべたイーサンは、感情のまま拳を握り締めた右手を上げた。

「エミリアさん！」

「きゃあー！」

周囲でやり取りを見守っていた生徒達から悲鳴が上がる。

イーサンが腕を振り下ろす直前、瞬く間に彼の背後へ回り込んだノアが、彼の腕を掴み捻り上げた。

「ぐっ⁉」

怒りの感情のままエミリアへ腕を振り下ろそうとしたイーサンは、自分の身に何が起こったのか理解出来ず、突然襲って来た腕から肩にかけての激痛に呻き声を上げた。

掴まれている腕に全力で力を入れてイーサンは抵抗を試みているのに、見た目は女性にしか見えないノアの細腕は外れない。

「ノアール⁉」

「女性に対してこのような乱暴な振る舞いはいかがなものかと。お嬢様から手を離していただきたい」

ノアは丁重な口調を保ちながら、イーサンの手首を掴む力を強め肩の関節に加重をかけていく。

「お前こそ放せ！　シンシアが泣きながら俺に助けを求めてきた！　俺に近付くなとエミリアから言われ、嫌がらせをされたと、ぐぁっ！」

言葉の途中でノアが捻り上げる力を強め、前屈みになったイーサンの顔が苦悶で歪む。

「お嬢様が誰に嫌がらせをしたと？　一応、婚約者である貴方が他の女子生徒とそのような関係になっている方が問題ではありませんか？　先日も生徒会の仕事を休んでお二人でお買い物へ行き、楽しく過ごされていたそうですね」

「なん、だと？　何故、お前が知っている⁉」

「出掛けた者が見かけたそうです。その時の記録は保存させてもらっています。因みに、ゼンペリオン公爵嬢と王太子殿下もご存じですよ。ご自分の今後の心配をした方がいいのではないですか？」

苦痛で呻くイーサンを見下ろすノアは冷笑を浮かべる。

「記録？　殿下まで、だと？」

大きく目を見開いたイーサンの耳元へ、表情を変えないままノアは顔を近付けた。

「どんな相手と遊ぼうが、学生の内は大目に見てもらえるかもしれぬが」

一旦言葉を切ったノアは冷笑を消し、真顔になる。

「小僧。お嬢様が嫌がらせの首謀者だと言い切るのならば確固たる証拠を全て揃えてから言え。下らない妄言を吐くのならば、一生口がきけないようにしてやろう」

「なっ」

低くなったノアの声に含まれた殺気を感じ取り、イーサンは悲鳴を上げかけた。彼の中に僅かに残っていた矜持でどうにか堪える。

「ノアール！　やりすぎよ！」

仕舞われることのない刃物のような殺気に、エミリアは慌ててイーサンを拘束しているノアの腕を引っ張った。

エミリアが腕に触れた途端、殺気を消したノアは拘束していたイーサンの手首を解放する。

「イーサン様、大丈夫ですか？」

「大丈夫ですよ。加減はしましたから腕は潰してはいません。三日程痛みで剣を握れないでしょう。女性に手を上げようとしたことを反省させるために、回復魔法は効かないようにしておきましたから」

にっこり微笑んだノアの言葉に、エミリアは眩暈がしてきてよろめく。

よろめいたエミリアを片手で支えて机の上に置いてあった鞄を持ったノアは、周囲で固唾をのんで見守っていた生徒達へ会釈をする。

床に両膝をついているイーサンを振り向くことなく、顔色を悪くしたエミリアはノアに腰を抱かれて教室を出て行った。

「なん、なんなんだあのメイドは、この俺が抑えられるなんて……」

床を見詰めてブツブツ呟いているイーサンとは関わりたくないとばかりに、やり取りを見ていた生徒達は教室を出て行く。

細身でも長身だったメイドの力は強く、彼女に捕まれた手首と捻り上げられた肩は動かす度に痛みが走り抜けて、イーサンはぎりぎりと奥歯を噛み締めた。

＊＊＊

採寸の予約を入れているブティックへ向かうため馬車に乗ったエミリアは、ようやく教室内でのイーサンとノアのやり取りを冷静に考えられるようになった。

(イーサン様の口ぶりから、シンシア嬢と親密な関係になっているのは分かったわ。でも、親しくなるのが早くない？　新入生歓迎会からまだ一週間よ。前の時はもう少し先だったはず)

薄れかけている前のエミリアの記憶では、イーサンがシンシアを特別視するのは前期の試験後、授業が午前中のみになり自由時間が増える時期だったはずだ。

(やっぱり変わって来ている？　前の記憶ではシンシア嬢が女子に絡まれた後、私が他の女子を煽ったんだっていきなりイーサン様に怒鳴られたのよね。あの時はショックだったけれど、今なら状況把握能力の低い頭の悪い男だと思うわ)

目蓋を閉じたエミリアの脳裏に、前のエミリアが話す釈明を全く聞かずに怒るイーサンの形相と、真っ赤に染まった顔が浮かぶ。

「お嬢様、どうされましたか？」

先ほどの、イーサンとのやり取りなど無かったかのようなノアの声色に、エミリアは溜息を吐いた。

「さっきはありがとう。でも、学園で乱暴なことは極力しないでね」

「乱暴？　力の加減はしましたよ。ですが、お嬢様が望まれるのでしたら極力控えましょう」

怒りをあらわにしたイーサンの剣幕から、どうしても前の彼の言動を思い出す。

ノアがいなかったら確実に殴られていたと、今更ながら湧き上がってくる恐怖でエミリアの体に震えが生じる。

「……私との契約はもう終わっているのに、どうしてノアは守ってくれるの？」

学園入学までという契約期間が終わってもノアが味方でいてくれるのは嬉しい。その反面、いつか彼の目的が達成されれば傍から離れて行ってしまうのではないか、という恐怖があった。

フッと笑った音がした瞬間、向かいに座っているノアールの姿が揺らぎ、一瞬でメイドから執事のノアへと変化する。

「俺が六年かけて育てた大事なお嬢様を、阿呆共に傷付けさせるつもりはありません。次にあの無礼な小僧が来たら、投げ技をかけてください。貴女はご自分が思っているよりも強いですよ」

「え？」

きょとんとするエミリアへ向けて、腰を浮かしたノアは手を伸ばす。

「お嬢様に嫌がらせをする相手も邪魔者も、全て俺が潰しましょう。だから、何も怖がらずに安心

して学園生活を楽しんでくださいね」

「ノア？」

上半身を起こしたノアは戸惑うエミリアの手を握り、そっと彼女の手の甲へ口付けを落とした。

ブティックへ到着し、店員に先導されて採寸室へ入るエミリアの後ろ姿を見送った執事姿のノアは、部屋の隅へ移動してから右手を軽く握り開く。

開いた手の中には黒革の小さな手帳が出現していた。

手帳の栞を挟んだページを開き、指先で数ページ捲って書かれている内容を確認したノアは、目を細めて口角を上げる。

「次は、通りがかった恋敵に熱々のスープをかける、か。ふっ、くくく、お嬢様がこんな低俗なことをやるわけがないだろう」

肩を震わせたノアが手帳を閉じると、手帳は空気に溶けるように消えた。

馬車の中で小さな体を震わせていたエミリアを見て、抑え込んだイーサンの利き腕と精神を潰してしまえばよかったかと、ノアは後悔していた。

滅多に動かない自分の心にも、後悔という感情があったのかと少しばかり驚く。

怒りの感情もあったが、手の甲に口付けを落としただけで全身を真っ赤に染める、エミリアの可愛らしい反応を見て凪いでいった。今思い返すだけで笑いが込み上げてくる。

（この俺が六年かけて愛しみ育てた、可愛い可愛いお嬢様。長い間、見失っていた光を与えてくれ

たエミリアを傷付けるなど、許さない）

初対面の冒険者へ契約を持ちかけた豪胆さを気に入り、お嬢様の提示した契約に乗ったのは興味だけではない。

早熟した精神を持つエミリアは、常に何かに怯えていた。

その怯えの一つが婚約者に対するモノだと、教室でのやり取りで分かり、目蓋を閉じたノアは脳内で今後のイーサンへの対応を組み立てていく。

「色欲に流されている小僧は早々に潰してしまうか。そして、望み通りお嬢様には学園生活を満喫していただこう。いや、日に日に膨らむ悪意は嫉妬からか？」

採寸室の扉が開く気配を感じ取り、壁に寄りかかっていたノアは姿勢を正す。

「ノア、お待たせ」

「お嬢様、お疲れでしょう。帰りにお菓子を買って戻りましょうか」

「いいの？　やったぁ！」

軽く飛び上がって喜びを表したエミリアは、ノアへ満面の笑顔を向けた。


朝食と身支度を終えて、ルームシューズから革靴へ履き替えたエミリアは、メイドのメリッサから鞄を受け取った。

「お嬢様、お待ちください」

部屋から出ようとするエミリアをノアが引き留め、彼女の左手を取りそっと小瓶を手のひらに載せる。瓶の中には水色の液体が入っていた。

「今日はコレをお持ちください」

「コレは何？」

渡された小瓶の用途が分からず、エミリアは目を瞬かせる。

「この瓶には染み抜き液が入っています。先日、制服に染みを作ってしまったでしょう。念のため、食事の時はこれをお持ちください」

「う、分かったよ」

先日、ソースをワンピースに溢してしまい、どうにかしようとして擦り、水で洗った結果、茶色の染みになったのだ。

寮へ戻った後、メリッサが手洗いしても染みは取れなかったため、ワンピースは染み抜き専門店に持ち込むことになった。

「服に何かを溢してしまったら、染み抜き液を染みに直接噴きかけてください。速乾性ですからすぐに乾きます。くれぐれも水洗いをして、染みを広げないようにしてくださいね」

綺麗に微笑んだノアから、逆らえない圧を感じ取ったエミリアは何度も頷く。

少し怯えながらエミリアが小瓶をワンピースのポケットに仕舞うのを確認して、ノアは笑顔で彼女を送り出した。

(確かに、私の不注意で染み抜き専門店に制服を出すことになったけど、あれから溢さないように気を付けているのに。ノアったら心配性なんだから)

外見は同年代の女性に比べて幼く見えるとはいえ、精神年齢は前と今の年齢を合わせたらとっくに大人なのに、ノアはいつまで経っても幼子の扱いをする。

（前の記憶もあるし、体も大きくなった。もう私は小さな子どもじゃないのに、何故だかノアの前だと考え方が子どもっぽくなっちゃうのよね）

肩から掛けていたトートバッグを掛け直し、小瓶が入ったワンピースのポケットに軽く触れて、エミリアは少し歩く速度を速めた。

学生鞄と弁当箱入りのトートバッグを手にして、学園まで歩いていくエミリアの姿を寮の部屋の窓から見下ろし、ノアはノアールの偽装を解く。

「そろそろ俺も動こう。お前もお嬢様に害意を抱く者の情報を集めろ」

視線はエミリアから外さず、ノアは低い声で三歩後ろに控えているメリッサへ告げる。

「分かりました」

先ほどまでエミリアへ向けていた柔和な雰囲気を消し、冷たい雰囲気を纏ったメリッサは胸に手を当てて頭を下げた。

昨日の授業中に間に合わなかった課題を提出するため、いつもよりも早い時間に登校したエミリアを数人の男子生徒が追い抜いていく。

大きな荷物を背負っている彼等は、エミリアの方を見てから互いに顔を見合わせて何かを呟いた。

向けられたのは明らかな敵意。自分に向けられている敵意に戸惑い、エミリアの足が止まる。

どんっ！

「あっ」

後ろからやって来た男子生徒の荷物が肩に当たり、エミリアは前のめりによろけた。

「邪魔だ！　ぐっ⁉」

振り向き声を荒らげた男子生徒の襟首を、エミリアの後ろから伸びた手が掴むと勢いよく引っ張った。

「なんだぁっ、ゲッ」

体が後ろへ引き摺られるほどの力で襟首を引っ張られた男子生徒は、呻き声を上げて視線を後方へ振り向き思いっきり顔を引きつらせた。

「わざとぶつかってきて邪魔とは、ないだろうが」

男子生徒の襟首を掴む腕の主の発した、怒気がこもった声色は知っている者の声。

「おい、放せよ」

青ざめる男子生徒達の声は震え、周囲にいる彼の友人達も襟首を掴まれている男子生徒を助けようとしない。

「もう止めて。ダルス」

これ以上は駄目だという意思を込めて、エミリアは自分の背後に立つ彼の腕に触れた。

エミリアに制止されたダルスは、小さく舌打ちをしてから男子生徒の襟首を掴んでいた手を放す。

解放されて首を押さえて咳き込んだ男子生徒は、顔を上げた途端「ひいっ」と悲鳴を上げる。

「もう、コイツに近付くな」

ダルスに睨まれた男子生徒達は、逃げるように階段を駆け上がって行った。

「アイツは同じクラスなんだよ。後でちゃんと話をしておく。エミリアもボーっと歩いているなよ」

「やり過ぎだよ」

「これくらいでいいんだよ」

言い終わらないうちに、ダルスはエミリアの手から鞄を奪い取る。

「教室まで持ってやるよ」

「え？」

目を丸くするエミリアの返事を聞かず、ダルスは階段へ向かって歩き出す。

グランデ伯爵家から離れて成長したのか、相変わらず口は悪いけれどエミリアに対して嫌がらせはしなくなった。

時折見せる、優しさと分かりにくい気遣いに、エミリアは新鮮な気分になる。

もしも前のエミリアがダルスともっと、姉として関わっていればシンシアへの付きまとい行為を防げたかもしれない。

「ありがとう」

先を歩くダルスへ感謝の言葉を告げると、彼の肩がピクリと動いた。

朝は晴れていたのに、昼前から急に降り始めた雨は昼食前には大雨となった。

「これでは中庭に出られませんね」

窓から外の様子を見て、残念そうにイブリアは呟いた。

霧雨程度ならパラソルを広げればいいが、大雨となれば中庭のガーデンテーブルでは食べられない。

何処で食べるか友人達と話し合い、利用したことがないというイブリアの希望により、昼食は食堂で食べることにした。

「食堂で食べるのは初めてだわ」

「美味しそうなメニューがあったら頼んでみようかな」

食堂の二階、予約制のテーブル席を確保してくれたイブリアは一足先に食堂へ向かい、エミリアはクレアと一緒にメニュー一覧表を見て、食後のデザートは何にしようか話していた。

どんっ！

トレーを持った男子生徒の腕が肩に当たり、エミリアはバランスを崩してよろめく。

咄嗟に、クレアが手を伸ばしてエミリアの左の腕を掴んだため転倒は免れる。しかし、すぐ側を歩いていた女子生徒のトレーに右手が当たってしまった。

「きゃっ」

ばしゃっ！

エミリアの手が当たったトレーの上に載ったスープが零れ、少しだけ女子生徒のジャケットの袖にもかかった。

「ああっ、すみません。大丈夫ですか？」

ぶつかった女子生徒の顔を見て、エミリアはハッと息を飲む。

「うう、エミリアさん。また貴女ですか？」

「シンシアさん。すみません」

眉を吊り上げて怒りを露わにするシンシアへ、エミリアは頭を下げてジャケットのポケットから取り出したハンカチを差し出した。

ぱしっ！

トレーをすぐ横のテーブルに置いたシンシアは、ハンカチを手渡そうとしたエミリアの手を叩く。

叩かれた手から離れたハンカチは床に落ち、拒絶されたことにエミリアは目を丸くした。

「貴女、スープをかけておいて『すみません』の一言で許されると思っているの？」

人当たりの良い周囲の評判とは真逆な行動に、固まるエミリアを睨み付けたシンシアは、床に落ちたハンカチを足で踏みつける。

「ちょっと、貴女こそ何をしているの？」

庇うためにエミリアの前へ出たクレアと対峙し、周囲の生徒達が何事かと注視し始めると、シンシアは僅かに口角を上げた。

「いきなりぶつかってくるなんて、酷いわ。私が貴方達に何かしましたか？」

敵意を感じさせる表情は一変し、高圧的な女子生徒にわざとぶつかってこられた女子生徒が口元に手を当てて悲しみに暮れる表情、となった。

手を腰に当てて問い詰めるクレアと悲しそうに目を伏せるシンシアという構図の、今の場面だけを切り取れば高位貴族の女子二人が立場を利用して、一人の女子を責めているようだ。

嫌悪に満ちた表情はエミリアとクレアしか見ておらず、ハンカチを叩いたのも受け取ろうとして『偶然』落としてしまった、で済ませられる。

何事だと顔を上げた生徒達は、非難の視線をエミリアとクレアに向け始めた。

「エミリアさんは誰かに押されてぶつかってしまったのよ？　わざとじゃないのにそんな言い方はないじゃないの。周りの人達を味方につける演技力があれば、今すぐ舞台女優になれるわよ」

両手を胸の前で軽く振り、クレアは呆れ混じりの目で周囲を見渡した。

「クレアさん、ありがとう。大丈夫だから。シンシアさん、ぶつかってしまい申し訳ありませんでした。今すぐ同じスープを買ってきます」

クレアの前に出てシンシアと向き合ったエミリアは、謝罪の言葉を言い深々と頭を下げた。

学園内は生徒の身分の上下関係は関係ないとされていても、伯爵令嬢のエミリアが男爵令嬢であるシンシアに頭を下げたことに、周囲の生徒達は驚く。

「制服も汚してしまいましたね。メイドに連絡をして新しいジャケットを手配します。あっ！　そうだわ。じっとしていてください」

スープが付いたジャケットの袖を見て、今朝のことを思い出したエミリアはワンピースのポケットに手を入れ、ノアに持たされた小瓶を取り出した。

「な、何をするの？　止めてよ」

小瓶の蓋を開けたエミリアは、シンシアの抗議の声を無視して彼女のジャケットの袖部分を掴み、染み抜き液をかけた。

薄水色の染み抜き液はジャケットの染みの上に広がっていき、仄かに発光して染み込んだスープを浮き出させていく。浮き出たスープをチリ紙で軽く叩くように拭き取っていけば、スープを溢す前と変わらない綺麗な袖に戻った。

速乾性だとノアが言った通り、染み抜き液は拭き取ったそばから乾いていき、スープの水分も同時に乾いていく。

「よかった。綺麗に消えた」

緊張で強張っていたエミリアの顔が安堵で緩む。

パチパチパチ！

食事をしながら女子達のやり取りを見守っていた生徒達は、エミリアが小瓶の蓋を閉めると食事の手を止めて、一斉に拍手をする。

淡い青色の染み抜き液が発光し、拭きとる際に金色の粒子に変化していく様は神秘的な光景で、漂っていた不穏な空気を塗り替えるのに、十分すぎる効果があったのだ。

「っ、そんな」

拍手の音で我に返ったシンシアは、エミリアが掴んでいる手を引き一歩後ろへ下がった。

「凄い効果ね」

「ええ。染み抜き用にってメイドが持たせてくれたの」

袖にかけた染み抜き液が発光した時に感じた魔力。染み抜き液には、特殊な魔法薬とノアの魔力が混ぜられているのだ。

「違う。エミリアさん、貴女のことよ」

「え？　どういうこと？」

言われたことの意味が分からずに、エミリアはキョトンとする。

「何よ、何なの？」

じりじりと後退り、さらにエミリアから距離を開けたシンシアは下唇を噛んだ。

家柄と成績上位者のみで編成されたA組。

各学年のB組C組所属の生徒達は、A組の生徒に羨望の感情を抱き、進級時にA組へ入ることを目標として勉学に励む者は多い。そのA組の女子生徒二人、社交界で悪い噂を囁かれているグランデ伯爵の娘エミリアと、気が強そうなクレアに一方的にシンシアが責められている構図を作り、同情されれば周りにいる生徒を味方につけられると思っていたのに。

狙い通り向けられ始めていた、シンシアへの同情とエミリアとクレアへの非難の感情が、染み抜き液のせいで上書きされてしまったのだ。

勝手に染み抜き液をかけてくれたエミリアへの、怒鳴りたくなるくらいの怒りと拍手をした生徒達への苛立ちを必死で抑え、手が白くなるほどの力を込めてシンシアは両手を握り締めた。

＊＊＊

食堂に入ったイーサンとウォルターは、異様な雰囲気を感じ取り近くの席に座る顔見知りの男子に何かあったのか訊ねようと声をかけた。

男子が振り返った時、食堂の一角から不思議な魔力が発せられ次いで生徒達から拍手が沸き上がる。

「誰かが魔道具を使ったのかもしれないな」

「魔道具？　使用は禁止されているではないか。何が起きたのか見て来る」

ウォルターに食券を預け、イーサンは拍手が沸き上がった一角へ向かった。

雨天とはいえ、昼食休憩時にはホールも解放されているはずだ。食堂を利用する生徒の多さに疑問を抱きつつ、イーサンは生徒達の間を通って歩く。

「あれは……」

生徒達の間から見覚えのあるピンク色を見付け、大きく目を見開くと慌てて彼女の側に駆け寄った。

「シンシア？　どうしたんだ？」

「イーサン様っ」

イーサンの姿を見たシンシアは瞳を潤ませる。

「どうしたんだ？　くっ！　またお前か、エミリア・グランデ！」

周囲に目を向けたイーサンは、エミリアが近くにいると気付きシンシアを抱き寄せた。

帯刀していれば迷うことなく剣を抜いていただろう、と感じさせる強い敵意をイーサンから向けられ、エミリアは胸に手を当てる。

（イーサン様にとって私は敵なのね。これは……あの時と同じじゃないの）

前のエミリアが経験した、夜会会場前でイーサンから告げられた婚約破棄と退学処分。

あの時も彼はシンシアを抱き寄せ背中に庇(かば)い、エミリアへ明確な敵意を向けていた。

前の自分と今の自分は違うと頭では理解しているのに、あの時受けた衝撃、屈辱と恐怖の感情が蘇ってきてしまい、エミリアの体は小刻みに震え出した。

「シンシアに何をした！」

「イーサン様……エミリアさんが急にぶつかって来て……スープが溢(こぼ)れて手にかかったんです」

両目いっぱいに涙を浮かべたシンシアは、スープがかかった方の手を擦る。

「なんだと!?」

「ええ？　かかったのは袖で、手にはスープはかかっていないでしょう？」

縋りつくシンシアと、困惑の表情になるエミリアを交互に見て、イーサンの額に青筋が浮かぶ。

「シンシアさん、わざとではないと言ったでしょう。それにスープがかかったのは袖だけで、袖の染みはエミリアさんが綺麗にしたし、スープも代わりのものを買ってくると言ったはずよ」

先ほどは睨み返していたクレアの言葉に対して、シンシアは怯えた表情で首を横に振り、イーサンのジャケットを握り締めた。

「はっ！　押されたなどと見え透いた嘘を述べおって。エミリア・グランデは嫌がらせをするためにシンシアにぶつかったんだろう！」

怒りを露わにしたイーサンの大声は食堂内に響き渡る。

(そうだ、前もこうやって大勢の前でイーサン様から怒鳴られ、一方的に罵られたことがあったわ。誰も助けてくれず……身に覚えのないことを謝罪して、逃げるしか出来なかった)

心に植え付けられている恐怖でエミリアの体が竦み、息をするのでさえ苦しくなっていく。

彼の大声で近くにいた生徒は驚き動きを止め、離れた場所に居る生徒も何事かと話を止めて、食堂内は一気に静まり返った。

「はぁー、うるせーと思ったら……エミリア、何やってるんだよ」

静寂の中、聞こえてきた聞き覚えのある男子生徒の声で我に返ったエミリアは、止めていた息をハッと吐き出した。

生徒達の間から姿を現した男子生徒は、緊張と恐怖で顔色を悪くするエミリアの肩に手を置く。

「アンタ生徒会役員だろう？　こんな場所で大声を出して、下級生の女子を恫喝してもいいのかよ。それと、アンタ自身が周りの迷惑になっていると思えないのか？」

挑発するような口調で言い、男子生徒はフンッと鼻を鳴らす。

(どうして、此処にいるの？　前の時は助けてくれもしなかったのに)

肩に置かれた手のひらから彼の体温が伝わって来て、エミリアは緊張で強張っていた体が少しずつ楽になっていくのを感じた。

「何だお前は？」

「ダルス・グランデ。アンタの婚約者、エミリアの弟だよ」

口調は砕けていてもダルスは鋭い目つきで、イーサンと彼が抱き寄せているシンシアを見る。

「エミリア・グランデの弟、だと？」

「一応、エミリアはまだアンタの婚約者だろう。興味が無くても、婚約者に弟がいることくらい把握しておけよ」

「筋肉馬鹿」と小さな声が聞こえ、エミリアはギョッとしてダルスを見上げた。

「ちょっと、ダルス」

「黙っていろ」

目線は前に向けたまま、ダルスはさり気なくエミリアを後ろへ下がらせる。

「お姉さんだからってダルス君はエミリアさんを庇うの？」

声を震わせたシンシアは、今にも涙を流さんばかりに瞳を潤ませてダルスを見つめる。

「ハッ、庇うも何もこんな場所で大声を出す奴がいたら迷惑だろ。生徒会役員の肩書に怯えているのか、違う理由があるのか知らないが、女子が責められていると分かっていても止めようとしない同じクラスの奴等が固まっているから、俺が出て来ただけだ」

傍観者に徹していた、近くに居る一年生の男子生徒達はダルスの言葉に動揺し、一斉に下を向く。

「何だと！　貴様っ！」

ダルスの指摘で、周囲を見渡したエミリアは近くの席に座っているのは、一年生の男子生徒達だけだということに気が付いた。

周囲にいる生徒は、一年C組と一部のB組男子だけだということをダルスが指摘しているのには気が付かず、イーサンは更に眉を吊り上げていく。

「……そこまでだ」

寒気すら感じさせる冷ややかな声がイーサンにかけられ、今にも飛び掛からんとしていた彼の動きが止まる。

「イーサン、すぐに頭に血が上るのを何とかしろ。そこの女子生徒が訴えるようにスープをかけられたとしても、この場で大騒ぎをするのは他の生徒の迷惑だ。さらに、お前と生徒会の評価を下げる」

声の主、碧色の髪、切れ長の紺青色の瞳に銀縁眼鏡をかけた背の高い男子生徒、ウォルター・ブルームがエミリアの横を通り過ぎていく。

横を通り過ぎて行った瞬間、エミリアはウォルターと数秒だけ目が合う。

目が合った瞬間、ウォルターは申し訳なさそうに目を伏せた。

「そこの女子が火傷をしているのなら今から保健室に連れて行き、被害を教師に訴えて話し合いの場を持てばいい。少しは考えろ。私の目からは火傷はしていないように見えるが、服で見えない場所を負傷しているかもしれないからな」

「ウォルター!?」

「どれだけ非常識なことをやっているのか、理解出来ないのか。周りを見てみろ」

反論しかけたイーサンは、冷静なウォルターに言われた通り食堂を見渡し……ようやく食堂にいる生徒達から注視されていると気付く。抱き寄せていたシンシアの肩から手を外し、僅かに彼女との距離を空けた。

「貴方方、これは何の騒ぎですか」

なかなか来ないエミリア達を気にして、やって来たイブリアは不快感で顔を顰める。

「イブリア嬢、申し訳ありません」

胸に手を当てたウォルターは、イブリアへ頭を下げる。

「貴方のせいではありませんわ。場所と状況を考えられない方々に問題があるのです。イーサン様、食堂で騒ぎを起こしたこと、わたくしの友人を恫喝したことを殿下にお伝えしておきます」

「な、何だと？　エミリア・グランデが先にシンシアへ嫌がらせをしたんだぞ！」

唾を飛ばす勢いでイーサンが言い放ち、イブリアの顔から張り付けていた微笑みが消える。

「まぁ怖い。嫌がらせですって？　では、学園長にお願いをして食堂に設置されている記録装置の映像を見せていただきましょう。エミリアさんが嫌がらせをしたのか事故だったのか、録画されている映像を見ればはっきり分かります。ウォルター様もよろしいですね」

「はい。私からも殿下へ伝え、学園長にお願いに行きます。イーサンもそれでいいな」

「ああ」

問いかけにイーサンが大きく頷き、シンシアの顔色が変わった。

「ま、待ってください！」

駈け出したシンシアはイーサンには目もくれず、勢いよくウォルターの腕を引く。

歩き出そうとしたウォルターを引き留めるように、彼の腕を両手で抱きかかえた。

「「なっ」」

大胆過ぎる行動を目の当たりにして、エミリアとクレアは同時に声を上げた。

「ウォルター様！　私の話を聞いてください！」

両目を潤ませたシンシアは、必死な様子でウォルターの腕を胸に押し付けて両手で抱き締める。

「……話を聞くも何も、貴女はエミリアさんが故意にぶつかってきたと思っているのでしょう。そうイーサンに訴えていたではありませんか。そして腕を離してもらいたい。初対面の相手に最低限の敬意すら払えない貴女に触れられるのは不快でしかない」

淡々とした口調とはいえ、嫌悪の色を瞳に宿したウォルターから完全に拒絶され、シンシアは大きく目を開く。

「傷付けてしまったのでしたら、申し訳ありません。単純なイーサンは下心、同情心と庇護から貴女に転がり落ちたかもしれませんが、私は最低限の礼儀を知らず馴れ馴れしい者が大嫌いなんですよ」

涙を引っ込めて固まったシンシアの手から、眉間に皺(しわ)を寄せたウォルターは掴まれている腕を引き抜いた。

「コレをイーサンに渡してください」

ポケットから取り出した食券をシンシアへ渡し、ウォルターは皺が出来たジャケットの胸元と腕を軽く手で払い、くるりと背を向けて歩き出す。

「イーサンが時と場をわきまえず、申し訳ありませんでした」

何事も無かったかのような顔でウォルターはイブリアとエミリア達の前まで行き、胸に手を当てて頭を下げた。

謝罪の言葉を口にしたウォルターが顔を上げたタイミングで、生徒指導のジョージ先生と血相を変えた二年A組の担任教師と若い男性教師がやって来た。

自分の味方をせず、シンシアへ冷たくしたウォルターに食って掛かろうとしたイーサンの動きが止まり、食堂にいる生徒達も先生方が来たことでざわつき出す。

「君たち！　何を騒いでいるんだ！」

「イーサン・ケンジット！　女子生徒を恫喝していると聞いたぞ！」

「これはですね。此奴らが自分の非を認めないのが悪いの、うっ！」

一歩前に出て自分達は悪くないと弁解をしようとしたイーサンは、憤怒で顔面を真っ赤に染めて額に青筋を浮かべたジョージ先生の気迫に負けて、口を噤んだ。

「とりあえず、この場から離れるぞ。まずは昼食を食べなさい」

野外活動着同様、全身を真っ赤に染めて憤怒の蒸気を吹き上げるジョージ先生を押し退け、壮年の男性教師が当事者たちを別室へと促した。

関わった生徒達は皆昼食前。今すぐに事情聴取は出来ないと教師達は判断し、それぞれ教師が待機する部屋で昼食を食べた後に事情を聴かれることになった。

「作って貰ったから食べてね」

「ありがとうございます」

別室へ移動したエミリアは、女性教師が食堂から運んできてくれたサンドイッチを食べてようやく緊張が和らぐのを感じた。

＊＊＊

「せっかくのランチが台無しにされてしまったし、午後の授業は受けられなかったし……今日は散々でしたね」

昼食後、一年A組女子達は生徒指導室へ順番に呼ばれ、二人の女性教師に事情を説明した。教師達の配慮で、イーサンとシンシアとは顔を合わせなかったのは有難かった。

全員の事情聴取が終わり、別室で待機していたエミリア達の元へ少し疲れた顔をしたジョージ先生がやって来たのは、午後の授業時間終了を告げる鐘の音が鳴り終わった頃。

食堂に設置されている録画用魔道具を調べた結果、エミリアがシンシアに当たったのは故意によるものではない、と結論付けられた。

むしろ、エミリアとクレアの横を通り過ぎた男子生徒が当たったことが起因となり、シンシアにスープがかかっても立ち止まることもしなかったこの男子生徒の方が悪質、とされたそうだ。

「イーサン・ケンジットとシンシア・ミシェルの二人はこの結果に納得しなくてな。イーサンがあそこまで馬鹿だと生徒会役員を下ろ、いや、しばらくの間、君たちの周辺に何か変化があったら先生たちに教えてくれ」

本音を漏らすジョージ先生の渋い顔から、イーサンとシンシアはこの結果に納得せず騒いだことが容易に推測出来た。

参加出来なかった午後の授業で配られた課題を受け取るため、エミリアはイブリアとクレアと共にクラスメイト達が帰った教室に残っていた。

「配ったプリントを貰ってくるから、教室で待っていてくれ。不審者が来たらその笛を吹けよ」

当番日誌を片手に持ち、トルース先生はエミリアに笛を手渡して教室から出て行った。

「トルース先生、まだC組の生徒が廊下と階段の辺りにいるから、気を使ってプリントを取りに行ってくれたのね。あら、廊下にジョージ先生もいるわ」

窓から廊下を見ていたクレアは、教師達の厳戒態勢に驚きの声を上げる。

(騎士志望のイーサン様は、勉強が苦手でも情に厚い方。前の私に婚約破棄を告げてもここまで酷い糾弾はされなかったし、一方的な思い込みで相手を犯人にするような方ではなかったわ。一体どうしたのかしら?)

食堂でイーサンが向けて来たのは、エミリアへの敵意と憎悪だった。いくらシンシアと恋人関係になっていてもあそこまで憎しみを向けるのか。

（話も通じないしシンシアさんを妄信しているみたい。まるで、精神が歪んでしまったみたいだわ）

ゾクリ、エミリアの背中に冷たいものが走り抜ける。

「それだけ先生方は、今回のことを重く考えてくださったのよ。わたくし達も、しばらくの間は一人では行動しないようにしましょう」

落ち着いたイブリアの声で、思考に耽っていたエミリアはハッと顔を上げた。

「皆さんを巻き込んでしまって、ごめんなさい」

故意ではないとはいえ、シンシアとイーサンはあまり関わってはいけない相手だと分かっていたというのに、自分の不注意でやっと出来た友人を巻き込んでしまった。

唇をきつく結んだエミリアの瞳に涙の膜が張っていく。

「エミリアさんは悪くないわ。わざとぶつかったと決めつけたシンシアさんと、話を聞かずに大騒ぎをしたイーサン様が悪いのだと分かっているから。ウォルター様も証人になってくださるし、殿下も動いてくださると約束してくれたわ。泣かないで、わたくし達は友達でしょう？」

力強く言い切ったイブリアは、震えるエミリアの両手を握った。

「またシンシアさんが何か言って来ても、エミリアさんには近付かせないから」

胸の前で両手を握り、戦う気満々だというクレアが可笑しくて、エミリアの体から力が抜けていく。

「ありがとうございます。王太子殿下まで巻き込んでしまったら、このことがきっかけになりイーサン様の立場が悪くなりませんか」

食堂でのイーサンは異常なほど話が通じなかった。

自分は悪くないと主張していたシンシアと一緒に、エミリアを逆恨みする可能性もある。

エミリアの抱いた懸念を感じ取り、イブリアは椅子の背凭れを指で突く。

「学園での立場が悪くなるのはイーサン様の自業自得。シンシアさんと親しい関係にあるとはいえ、話を聞こうとせずに、一方的に責めるなど許せない行為です。この件で彼がエミリアさんを恨むとしたら、自分の行動を省みない愚か者ということ。殿下の側近候補から降ろされるでしょう」

「イーサン様はシンシアさんと堂々とお付き合いしているみたいですし、私との婚約などないものとして、解消したいと思っているのでしょうね」

「エミリアさん……貴女はイーサン様を慕ってはいないのね。婚約を疎ましく思っているの？」

直球過ぎる質問を受けて、思わず苦笑いしたエミリアは迷うことなく頷いた。

「それにしても、シンシア嬢の演技力の高さに驚きましたわ。私達に対する態度と男子への態度があれ程違うのは、もはや才能ですね」

短いやり取りの中で、シンシアの態度の変化を目の当たりにしていたクレアは、眉間に皺（しわ）を寄せる。

「確かに、彼女の態度の変化には驚きました。ただ、気になったのは……シンシアさんがエミリアさんを敵視していることです。イーサン様の婚約者だから、という理由だけでこれほど粘着するでしょうか。エミリアさん、何か心当たりはありませんか？」

敵視されている理由は何かと、エミリアも考えていた。

学園外で会ったことも無く、クラスも違うのに敵意を向けられるとしたら、思い当たることは一つしかない。

「イブリアさん、私もずっと考えているのですが……イーサン様との婚約くらいしか思いつきません。ですが、互いの親が決めた婚約ですし、先ほど言った通り私とイーサン様の関わりはほぼ他人に等しいもの。今回怒鳴られたことで苦手を通り越して怖いです。そこまで敵意を向けてこなくても、手続きをしていただければ婚約解消に応じるのに……」

食堂で怒鳴られた時は、驚きが先に出てしまい大した言葉は出て来なかったのが悔しい。

冷静になった今ならシンシアの言動の矛盾と、好きな子を守ろうとする騎士気取りのイーサンの態度は異常だと、「気持ち悪い」と面と向かって二人に言える。

「殿下や生徒会の皆様と一緒に、わたくしもシンシアさんとイーサン様のことを調べてみます。今後、何が起きてもエミリアさんが不利にならないよう、多くの証人がいたほうがいいでしょう。シンシアさんとC組の生徒達には気を付けてください。念のため、護身用魔道具を身に着けてもいいか学園長に聞いてみます」

口元に手を当てて考えていたイブリアは、廊下から聞こえて来た足音に気付き顔を上げた。

教室の扉が開き、トルース先生が戻って来たのかとエミリアは振り返り、目をまるくした。

「エミリア」

「ダルス？　どうしたの？」

「寮まで送る」

ジャケットの前ボタンを全て外し、シャツの襟元とネクタイを緩め怠そうな雰囲気を放つダルスは、エミリアの側で足を止めるとぶっきらぼうに言う。

「もう先生との話は終わったの？」

「ああ。エミリアと、アンタも寮まで送る。イブリア嬢は……いいか」

エミリアとクレアの顔を見たダルスは、イブリアを見てすぐに視線を外した。

廊下を走る足音が響き、半分ほど開いていた扉が大きな音を立てて開かれ全開になる。

「イブリア！」

勢いよく扉を開けた男子生徒は、乱れた髪を気にせずにイブリアの側へ駆け寄り彼女の手を取った。

「殿下……来なくてもいいと伝えたでしょう」

握った手を離そうとしないどころか、アレックスはイブリアの指に自身の指を絡めだす。

今にも握った手に頬擦りしそうなアレックスの後ろから、小走りで教室へ来たウォルターの疲れた顔を見て、イブリアは盛大な溜息を吐いた。

目尻を下げ楽しそうなアレックスは、普段の冷静な王太子とは別人の様に蕩ける笑顔を見せる。

「え、王太子殿下ってこんな方でした？」

「さあ……」

仲睦まじい二人のやり取りを目にして、エミリアとクレアは口を驚きの形に開けて停止した。

「お二人は幼馴染でもありますし、とても仲良しでいらっしゃいますから」

唖然とするエミリアとクレアへ、ずれた眼鏡のブリッジ部を人差し指で上げて位置を直したウォルターは、淡々とした口調で告げた。


職員室から戻って来たトルース先生から授業で配布したプリントを受け取り、明日から学園内外で気を付けることを確認して、エミリアはダルスとクレアと共に教室を出た。

前を歩くダルスが周囲を警戒してくれているのと、隣を歩くクレアが明るい話をしてくれているのが分かり、エミリアは今後の不安以上に嬉しさで胸がいっぱいになっていた。

まだ周囲は明るいとはいえ一人で歩いていたら、木の葉が風で揺れる音も警戒していた。

以前とは違い、意地悪だと思っていた愚弟がこんなにも心強く、味方になってくれる友人がいると思うだけで、昼間の嫌な出来事に落ち込まないでいられる。

「ダルス君は大丈夫？」

「何が？」

話が途切れたタイミングでクレアから話しかけられて、前を歩くダルスは後ろを振り向いた。

「クラスで、その、私達を庇（かば）ったでしょ」

「アイツ等とは全く関わっていないし、俺をどうかしたくてもアイツ等は何も出来やしない」

「あの後、C組はどんな状態だったの？」

何てことないと答えるダルスに、エミリアもずっと気になっていたことを問う。

「食堂にいた奴らも教師達から事情を聴かれていて、午後は自習になったから女子達が怒っていたな。食堂で何が起きたかを離れた場所にいた女子達が他の奴等に知らせて、C組の評価を落としたと怒る奴等とシンシア・ミシェルを庇う奴等とが険悪になっていた。それと、ほとんどの女子がエミリアに同情していた」

「C組は大変ね」

「そうだね」

クラスの雰囲気が容易に想像出来て、エミリアとクレアは顔を見合わせて頷いた。

「シンシア・ミシェルと女子達が険悪になろうが、俺には関係ない」

話しているうちに女子寮の前まで辿り着き、ダルスは肩に掛けていた荷物をエミリアへ渡す。

「明日の朝も迎えに来る。あのメイドは、一日中校内にいられないだろ」

「ありがとう」

微笑んだエミリアが素直に感謝の言葉を口にすれば、目と口を開いて一瞬だけ驚いた表情になったダルスは慌てて口を閉じ、フンッと鼻を鳴らす。

「別に……約束させられていたし」

「約束って誰に？」

「何でもない」

エミリアから視線を逸らし、目を閉じたダルスの目元と耳は紅く染まっていた。

「お帰りなさいませ、お嬢様」

「うわあっ！」

音もなく現れたノアに驚き、ダルスは激しく全身を揺らした。

「ノアール」

「お帰りが遅かったですね」

駆け寄るエミリアの手から荷物を抜き取り、ノアはポカンと口を開いているクレアの方を向く。

「御友人の方もメイド達が心配されていましたよ」

「あ、はい」

「さぁ、お二人とも戻りましょうか」

微笑んだノアは、エミリアの背中に手を当てて寮へ戻るようにうながした。

＊＊＊

月初めは図書館管理外の書物、各委員会やクラブで定期購入している雑誌が入荷するため、図書委員会は何かと忙しい。一年の図書委員であるエミリアとて、例外ではなかった。

「定期購読雑誌が入荷しましたので、これから伺いますわ」

受付カウンターに備え付けられた通信魔道具の受話器を置いて、女性司書教諭が申し訳なさそうにエミリアに声をかけた。

「エミリアさん、閉館間際に申し訳ないけれど、理科準備室と生徒会室にコレを届けてもらっても良いかしら？」

「はい、わかりました」

（一人では出歩かないようにと言われているけど、お守りも持っているしまだ下校時刻前だから、大丈夫よ）

ジャケットの内ポケットに手を入れて、警報音を鳴らす防犯用の魔石の存在を指先で確かめた。

「何処に何の本を届けるのかは書いといたから」

司書教諭から雑誌の届け先が書かれたメモを手渡され、ジャケットのポケットへ入れる。

書物が入った大小の箱を両手で抱えて、エミリアはよろめきながら図書室の扉へと向かった。

（重い～。台車を借りればよかったわ）

図書館から中庭を通り、事務室へ向かうまでは笑顔でいられた。しかし、エレベーターを使えないことを計算にいれていなかったエミリアは、職員室に書物を届けた時点で台車を借りなかったことを後悔することになった。

文庫本サイズの本から雑誌がぎっしり詰まった箱を二つ抱えて、前が見えない上に重みで両腕の筋肉と指の力はもう限界だと訴える。

（ううー手が痛いし、もう無理、かも）

特に、指先は痺れを通り越して感覚が無くなっていた。

前から誰かが走って来る足音が聞こえて、廊下の隅に寄ろうとエミリアが立ち止まった時、抱えていた箱が足音の人物によって持ち上げられた。

「きゃあっ⁉」

急に軽くなる両手と開けた視界、現れた銀髪の青年に驚いてエミリアは一歩後ろに下がった。

「かなりの重さがありますね。お嬢様は此処で何をしているのですか？」

急に現れた銀髪の青年は、いつもと変わらない笑みを濃くして箱を床に置く。

箱を抱えて真っ赤になったエミリアの手のひらと指先を、青年は労わるように自身の両手で包み込む。

「え？　あの、どうして貴方が此処に？」

どうして学園に彼がいるのか。それも、メイドの姿ではなく男性の姿で。

疑問だらけのエミリアは、何度も目を瞬かせて彼を見上げた。

「ノア？」

エミリアから戸惑いが伝わったのか、ノアは目を細めて微笑んだ。

「お嬢様の帰りが遅いのが心配でお迎えに来ました。そして、偶然にも学園長が昔馴染みの仲間だと判明しまして」

「昔話をしていたのですよ。エミリア嬢」

ノアが学園長と呼んだ老紳士の顔を確認して、エミリアは目を見開いた。見覚えのある初老の男性は、入学式で壇上に立っていた学園長だった。

慌ててエミリアは学園長に頭を下げる。

「学園長とノアは知り合いだったの？」

「ええ。以前、少し行動を共にしたことがありましてね。懐かしい話と近況を、お嬢様のことを話していたのです。最近何かと物騒ですから」

「エミリア嬢に仕えていたとはね。あの頃と比べて君は全く、おっと、何でもないですよ」

何かを言いかけた学園長へ向けるノアの目付きが鋭くなり、学園長は慌てて咳払いする。

「お嬢様、無茶をしないでください」

身を屈めたノアは、床に置いた箱を軽々と抱えた。

エミリアより頭一つ分以上背が高い彼は、箱を持っていても余裕で前が見える。

「雑誌を配りに行く途中だったの。重さに負けかけたのは鍛錬不足だからだと思う」

グランデ伯爵家にいた頃は毎日の鍛錬を欠かさなかったのに、学園へ入学してからは新生活に慣れることを優先していて筋力が落ちてしまったのか、荷物が重すぎたのか。エミリアの腕は痛みを訴え、手のひらは真っ赤になっていた。

「で、お嬢様はこれを何処まで届けるつもりですか？」

「理科準備室と生徒会室まで。ノア、もしかして手伝ってくれるの？」

「これは私が持ちます。学園長、私が校内を歩き回る事を許していただけますか？」

箱を抱えるノアとエミリアを交互に見た学園長は、「かまわない」と頷いた。

「では、行きましょうか」

「う、うん。学園長ありがとうございます。それでは失礼します」

学園長へ軽く頭を下げたエミリアは、箱を抱えて歩き出したノアを小走りで追い掛けた。

階段を上がって行く二人の後ろ姿を見送り、学園長は浮かべていた笑みを消して溜息を吐く。

「あの男が、よりによってグランデ伯爵家の娘に仕えているとは。これは慎重に対応しないと、後々面倒なことになるな。しかし、何故今になって姿を現したのだ」

遡ること一時間ほど前。

事前連絡無しの客人が学園の校舎内へ入った瞬間、校内の警備が一時停止した。

何事かと警戒をしていた学園長の部屋の扉がノックされ、虚ろな目をした教頭に案内されてやって来たのは「事前約束はしていない」銀髪の若い青年だった。

若かりし頃は、前線へ出て戦っていた魔術師団の中でも高レベルの魔術師で人一倍警戒心の強い教頭が、訪問者の青年を主君のように扱い従っていたのだ。

『何だね？　君は……』

『ふっ、久しいな。俺のことを忘れたのか？』

浮かべていた笑みを消し、眼鏡を外した青年の顔を見て……驚愕で目を見開いた学園長はその場に崩れ落ちそうになった。

『貴方は、ノア様？　何故此処へ……』

『此処に来たのは、以前案じていた通りになりつつあるからだ。異変に気付いているだろう？』

『ええ……貴方の危惧した通り、綻びが生じてしまいました』

苦渋の表情で目蓋を閉じた学園長は、職員や生徒達を前にした時の威厳に満ちた声とは程遠い、弱弱しい声で答える。

『十六年前、貴方がされた忠告を陛下が聞き入れてくだされば、こうはならなかったでしょうね……』

遠い目をした学園長はノアを通り越し、過去の彼の姿を思い起こしていた。

『学園の生徒への指導が甘いようだな。俺は今、グランデ伯爵家のエミリアお嬢様に仕えている。これ以上、愚か者達がお嬢様に危害を加えたら、俺自ら抗議しようと思っている』

『申し訳ありません。生徒間の問題は職員総出で解決しましょう。それはそうと、以前おっしゃっていた、大事な物は見付かったのですか？』

『ああ、探し物はもう見付けた』

大事な物を思い浮かべているのか、ノアの瞳に浮かんでいた剣呑な光と全身から発していた圧力は消え、張り詰めていた室内の空気が和らぐ。

現段階ではノア自ら抗議をするつもりも、数日前に報告を受けた食堂で騒ぎを起こした生徒達に危害も加えないと分かり、学園長は緊張で強張っていた体の力を抜いた。

「探していたものとは、エミリア嬢のことか。それとも別のものか。これ以上、秩序を乱さないよう早急に手を打たねばなるまい」

額に手を当てた学園長は、暗示が覚め切っていない教頭が残っている学園長室へ向かった。

＊＊＊

渡された配達先のメモ通りに、特別教室棟の二階にある理科室準備室から三階の生徒会室へ向かうエミリアは、息を切らして長い廊下を歩く。

長い廊下と階段の上り下りで汗だくになっているエミリアとは違い、武器として使えそうな程分厚い専門書がぎっしり詰まっている箱箱を軽々運ぶノアは、余裕の表情で汗一つかかずに歩いている。

「ノア、重たくない？　私も持つよ？」

「ご心配なく。この程度は重さなど感じません」

「ノアが軽々持てるのに、重いと感じる私は鍛錬不足よね。今日から夜と朝に鍛錬を始めるわ」

「お嬢様が鍛錬不足、ですか」

溜息を吐いたエミリアの言葉で、目を丸くしたノアはプッと吹き出した。

「ご心配なく。お嬢様の力は同学年の方々の中でも抜きんでていますよ。私が貴女をそう育てましたから。勿論、ついでに鍛えた坊ちゃんもね。先日行われた体力テストの結果はどうでしたか？」

「あ、そういえば……一位だったわ」

体育の授業で行った体力テストに全力を出して挑んだ結果、エミリアは他の一年女子を大きく引き離し全種目満点という快挙を成し遂げてしまったのだ。

男子とは得点基準が違うため比較は出来ないとはいえ、参加していた女子達と体育教師達から向けられた驚愕の視線で「目立ってしまった」と気付き、授業後にトイレの個室にこもり頭を抱えた。

悪評高いグランデ伯爵家の長女から運動能力が高いエミリア・グランデへ評価が変わり、運動クラブ所属の同級生や上級生から声をかけられるようになった。

「不安でしたら、早朝の走り込みの距離を長くしましょうか。いえ、お嬢様に足りないのは鍛錬よりも実戦経験ですね。ギルドへ行き、魔獣討伐を引き受けてきましょうか？」

「魔獣討伐は鍛錬と人助けになるわね。週末に出来そうなのがあったらお願いね」

「お嬢様が辺り一面を焼き払わないよう、魔力コントロールの練習もしましょう」

「……は？」

箱を抱えて歩くノアとエミリアと擦れ違った若い男性教師は、物騒な会話を耳にして目を見開いて二人の後ろ姿を見送った。

(ノアと学園の廊下を歩いているなんて、夢の中にいるみたいだ)

ノアール姿の彼と学園内を歩いたことがあるのに、ノアとは初めて学園内を歩いているような不思議な感覚がある。

隣を歩くノアの横顔を見上げて、眼鏡を掛けてないから違う人物のように感じているのかと、エミリアは首を傾げた。

幼い頃は、手を繋いで歩いてもらえるのが嬉しくて、毎朝毎夕になるとノアを探して一緒に散歩をしたのを覚えている。

(寮へ戻るまで……久し振りに手を繋いでもらいたいな)

まだ少しだけ痛む指を動かして、痛まない程度の力で手を握る。

「お嬢様、どうされましたか？」

「ノアールじゃないノアと一緒に歩くのは久し振りだと思って。一緒に学校内を歩けるのが嬉しい」

「お嬢様。私も、貴女の側に居られることが、嬉しいです」

目を細めたノアは、足を止めてエミリアを見下ろす。

微笑んだ彼の顔は夕陽の茜色ではない色、ほんのり赤色に染まっていた。

「そうそう、司書教諭に配達は終わったと伝えて欲しいと、学園長に頼んでおきましたから、このまま帰りましょう」

「いつ頼んだの？」

生徒会室前でのノアは箱に関係する時以外、生徒会役員へ近付くこともなく、ましてや誰かに伝言を託すような素振りは全く見せなかった。いつの間に伝えていたのかと、エミリアは目を瞬かせる。

「生徒会役員へ箱を渡した後、学園長へ伝達魔法で伝えました」

「学園内で魔法を使っちゃ駄目なんじゃない」

「私は生徒ではありませんし、今日は学園長の客人なので学園の規則は関係ありません」

「そうなの？」

にこりと笑ったノアは、エミリアに捕まれている手をするりと抜き、自ら指を絡ませて彼女の手を握り返す。

「この後は、少し買い物をしましょうか。お嬢様が食べてみたいとおっしゃっていた、人気のケーキ屋も行きましょう」

「うんっ」

寮へ戻らず町へ買い物に行く嬉しさが勝り、色々抱いていた疑問は消えていく。

人気のケーキ屋へ行ける嬉しさで、飛び上がらんばかりの勢いでエミリアは元気よく頷いた。

＊＊＊

保健室の扉に手を掛けたシンシアは、廊下の窓から中庭を歩くエミリアと手を繋いで歩く、見知らぬ青年の姿を凝視していた。

視線のみを動かしてシンシアを見た青年は、自分の体で隣を歩くエミリアの姿を隠す。

「イーサン様という婚約者がいながら、他の男と一緒にいるなんて……エミリア・グランデ」

政略上の婚約者とすら思ってもらえず、イーサンに疎まれているのだと見下していたエミリア・グランデを愛しみ守る青年の存在を知り、シンシアの心臓が大きく脈打ち呼吸が苦しくなる。

激しい動悸の苦しさから、シンシアは胸元を押さえた。

「どうしたんだい？」

「ブレイン先生」

保健室から顔を覗かせたブレインは、廊下の窓を見てシンシアが何を気にしていたのか理解した。

「ああ、エミリア嬢か。一緒にいる人のことが気になるなら、調べておいてあげるよ。だから君は寮へ帰ってゆっくり休みなさい」

「ありがとう、ございます」

胸元を押さえ、ぎこちなく口を開いたシンシアの声は震えていた。

緊張で体を固くするシンシアの肩に手を置き、ブレインは安心させるように微笑む。

「いいかい、もう問題を起こしてはいけないよ。いくら僕でも、庇(かば)いきれないからね」

「はい」

語尾を強くしたブレインから発せられる圧を感じ取り、顔色が若干悪くなったシンシアは頷く。

震えるシンシアの肩から手を離したブレインは、いつも通りの柔和な雰囲気へと戻り、昇降口へ向かう彼女の背に手を振った。

問題を起こしてはならないと誓わせたとはいえ、思い込みの激しいシンシアの目はエミリアへの嫉妬と憎悪の炎が燻(くすぶ)っていた。

「ふぅ、女子の思い込みとやらは困ったものだ。一年生の実戦演習では何も起きなければいいけどね」

壁面の行事予定ホワイトボードに書かれた「一年実戦演習」の一文を見て、口元へ手を当てたブレインは呟いた。

三章　悪意に満ちた実戦演習

前のエミリアの記憶があるとはいえ、実戦演習当日の朝の緊張感には慣れない。

体育着と野外活動着の上下姿のエミリアは、受け取ったリュックサックを背負うと首を軽く振った。

ポニーテールにした髪と、髪を結んでいるリボンが揺れる。

「お嬢様、これをお持ちください」

ノアの手のひらに載せられていたのは、雫の形をした水晶が革ひもで結ばれているペンダントだった。

「御守りです。演習中、ご自身の力では対応できないほどの危機を感じたら、私の名をお呼びください。何処であろうと駆け付けます」

「駄目だよ。ノアの力を借りたら不正行為になっちゃう。自分の力で切り抜けるよ」

「お嬢様」

苦笑いしたノアはエミリアの背後に回り、首筋にかかる髪を掻き分けてネックレスを着ける。

首筋を一撫でした指先がむず痒くて、エミリアは撫でられた首に手を当てて彼から距離を取った。

「くれぐれも無理をしないでくださいね」

「い、行ってきます」

真っ赤になった顔をノアに見られないように、顔を背けたエミリアは駆け足で部屋を出て行った。


学園の東側、四方を結界に囲まれた森は、学園が管理する広大な実技演習場である。

広場に集まった一年生達は、緊張の面持ちでクラス担任の指示に従い男女別で整列していた。

例年、入学してから半年となる日に実施される合同実戦演習では、一年生合同で魔法を使用した実戦形式の演習を行う。

初めて演習場以外の場所、持ち物は得意とする武器と食料と水の入った水筒、衛生用品のみ。

魔物を相手にした実戦形式の演習を行うとあって、この日まで魔物との戦いと無縁だった貴族令息子女を中心に、生徒達は緊張感と実力を試される高揚感に包まれていた。

正装が必要な行事以外は季節関係なく、常にタンクトップで角刈りの髪型という筋骨隆々体育、武術担当教師のマッスルーニー先生が生徒達の前に立つ。

「一年生の皆、緊張しているようだな。今日の演習は、この東の森全てを演習場とした一年生全クラス合同の実戦形式になる。これから行うくじ引きで、同じ文字を引き当てた者同士でチームを組むぞ。ジョージ先生、アレを！」

真っ赤な野外活動着姿の生徒指導のジョージ先生がマッスルーニー先生の隣に立ち、演習の説明が書かれた大きなボードを掲げる。

「演習合格条件は、今日の夕方4時までに森の中に置いてある五個の魔石を回収すること。時間までに回収出来なかったチームは失格。魔物に敗北したり、チームの誰か一人でも脱落したりしたら失格。生徒同士が魔石を奪い合い戦うのも失格だ」

言葉を切ったマッスルーニー先生はニカリと歯を見せて笑う。

「魔物が出るっていってもそんなに強い奴は出ない。限界を感じたら無理をせず、救助信号を出せば先生たちがすぐに駆け付けるから安心してくれ！」

マッスルーニー先生の大声に空気がびりびりと振動し、木々から小鳥が飛び立っていく。

「合格できるかはチームワークにかかってくる。クラスが違うから、出身が違うから気が合わないと壁を作らず、同じ学園の仲間として力を合わせて頑張ってくれよ！」

「先生、ありがとうございました。それでは、これからチーム分けのくじを引いてもらいます」

力瘤を見せ付けて生徒を鼓舞するマッスルーニー先生を押し退け、若干顔色の悪い女性教師が長机の上に正方形で上の面に穴が開いた箱を置いて行く。

箱の前面にクラスが表記されており、生徒達は順番に紙を引いていく。

（前は全部の魔石を探せなくて失格したのよね。優秀チームに選ばれたのは、A組一の魔力を持つ男子がリーダになったチーム。その中にはシンシア嬢がいたわ）

前の自分が足を引っ張ってしまったことを思い出し、エミリアは両手を握り締めた。

（大丈夫、実戦は水源の湖の管理で何度もこなしているじゃない。冒険者の人達とノアに教えてもらっているし、今の私はお荷物にはならないわ）

首を軽く振るとポニーテールにした長い髪が揺れ、俯いた顔にかかった。

自分の番になりエミリアは箱に手を入れて紙を一枚引き抜く。

二つに折られた紙を広げると、紙の中心からじわじわと色が滲み出ていき、白紙だった紙が水色一色に染まった。

紙が水色に染まると、次に紙の中央にAの文字が浮かび上がる。

「エミリアさんは何色？」

「水色でAの文字が出てきたよ」

水色に染まった紙をクレアに見せると、彼女は表情を明るくして指で摘まんだ水色で中央にAの文字が浮き出た紙を振る。

「良かった～エミリアさんと一緒だわ」

「わたくしは白だわ。気の合う方だといいのだけど」

エミリアとクレアが持つ水色の紙、白色のままで中央に浮かぶBの文字を見たイブリアは、至極残念そうに眉尻を下げた。

くじを引き終えた生徒達は、声を張り上げて自分と同じ色の紙を持ったチームを組む相手を探す。

「B組のフラット・バケルだ。よろしくな」

三人目のチームメンバーは、B組の男子生徒達が固まっている一角で見つかった。

野外活動着の上着の袖を捲(まく)り背中にロングソードを背負った黒髪の男子生徒は、人当たりの良さそうな明るい雰囲気の持ち主だった。

「エミリア・グランデです。よろしくお願いします」

「私はクレア・バートンよ。よろしくね」

「エミリアさんは一位になったダルス・グランデ君の姉君か。そして、クレアさんは兄上が第二騎士団副隊長をされているんだろ？　バートン伯爵家といえば代々騎士の家系、心強いな」

ニカリと歯を見せてフラットは笑った。

「転移門の周囲は安全だから、休むのは転移門の周りにしなさい。では、気を付けてね」

チームメイトを見付けた生徒達は、スタート地点にいる教師の確認を受けて森に隠されている魔石の探索のため、張り巡らされている結界の内へと向かった。

結界内へ足を踏み入れた瞬間、転移魔法が発動してチームごとに森の中に点在する転移門へランダムに飛ばされる。

「此処は、森のどの辺かしら？　周りに人の気配は、ないわね」

転移門の魔法陣から下りたクレアは、周囲を見渡し自分達以外の生徒の姿を探る。

「うまい具合にバラバラにされたな。しかし、魔物が出る森の中で、地道に石探しをするなんて面倒だな。探索魔法を使うか、他のチームを探して情報交換した方が早くないか」

フラットからの提案に周囲の気配を探っていたクレアも頷く。

「確かにそうね。此処なら魔法は使えるし、生徒同士の戦闘禁止以外は先生達も他のチームと協力してはいけないとは、言っていなかったしね。エミリアさん、頼んでいい？」

「分かった。やってみるね」

息を吐き呼吸を整えたエミリアは、右手の人差し指に魔力を集中させる。

魔力が集中して淡い水色に輝く人差し指で空中に呪文を書いていく。

呪文を書き終わり、右手を下向きにして魔力を放つとエミリアの足元を中心にして、白色に輝く幾何学模様の魔法陣が広がった。

「へぇ、エミリアさんは水属性か。弟とは違うんだな」

フラットの呟きを耳にして、クレアは首を傾げた。

「ダルス様の魔力属性を知っているの？」

「ああ、魔法と剣技、両方の授業でダルスと対戦して負けたことがあってさ。ダルスに勝てる一年男子はそういない。負けたことはエミリアさんには内緒な」

探索魔法を展開するエミリアを横目に、気まずそうにフラットは人差し指を唇に当てた。

「向こうの方向に生物ではない魔力、水の流れの中に魔石があるわ。小川、ではない、湧水が流れる場所に水色の魔石が見えた」

目蓋を閉じて意識を集中させていたエミリアは目蓋を開き、空気中の水分から伝わる僅(わず)かな揺らぎを感じ取った森の奥の一角を指差す。

「エミリアさん凄い！　魔力コントロールの上手さはクラスで一番だものね」

「そ、そんなことないわ」

探索魔法を解除して一息ついたエミリアは照れ笑いした。

魔力量がダルスに比べて少ないエミリアは、少ない魔力で発動できるようにノアから魔力コントロールを重点的に教えられていた。

「のんびりしている時間も無いし、エミリアさんが見つけた魔石がある場所へ行ってみるか」

リュックサックを担ぎ直したフラットを先頭に、エミリア達は魔物とは違う気配を感じた場所を目指して歩き出した。

森の奥へ進むにつれて、木の葉や草が揺れる不気味な音や濃い霧が立ち込めていた。

幹が曲がりくねった形の木の枝や毒草がそこかしこに生えていて、魔物達が待ち構えていそうなおどろおどろしい雰囲気が漂い出す。

「ジメジメしていて気持ち悪い所ね」

「随分と奥まで来たけど、こっちに魔石はあるのか？」

ショートソードを抱えたクレアと、いつでも剣を抜けるように柄に手を当てたフラットは、周囲を警戒しながら歩く。

「見えたのは湧水が流れる岩の間だったわ。この奥に、水の気配もあるからもう少しかな」

探索魔法を使った時に、エミリアは水の気配と一緒に妙な気配も感じ取っていた。

感じ取った妙な気配は、森の奥に進むにつれて強まっていく気がして落ち着かない。

「どうしたの？」

説明が出来ない違和感は、所詮違和感でしかない。

違和感を拭えないままエミリアは、問いかけてきたクレアを不安にさせないように「なんでもない」と答えた。

成人男性よりも大きい蟻や蜘蛛といった巨大昆虫を倒しながら進んで行き、湿気と木に巻き付く蔦が多くなっていく。

先を歩いていたフラットの足が止まり、彼は水分を多く含んでやわらかくなった地面に触れる。

「この奥であっているのか心配だから、近くに魔石があるかどうか探ってみてくれ」

「分かったわ」

息を吐いたエミリアは右手人差し指に魔力を集中させる。

淡い水色に輝く人差し指で呪文を書こうと上下に動かした瞬間、地面が揺れた。

ボコボコボコッ！

揺れに驚いたエミリアが後ろへ飛び退くと同時に、今まで立っていた場所の真下、水分を帯びて軟らかくなった地面を無数の緑色の蔦が勢いよく突き破って姿を現した。

「うわぁ!?」

地面の下から襲い掛かってくる蔦を避け、フラットは絡み付こうとする蔦をロングソードで斬り向かって来る蔦を横に飛んで攻撃を避ける。

立ち上る土埃と、切り裂かれた蔦の破片がエミリアの視界を覆い、次の動作が遅れた。

「何これ!?」

真横から伸びて来た蔦が、魔力を集中させていたエミリアの右腕に絡まる。

「なんで蔦が？　きゃあああ！」

四方から伸びた蔦が絡み付き、痛みと恐怖でエミリアは悲鳴を上げた。

「エミリアさん！　くっ、魔法が間に合わない。フラット君！」

蔦に全身を絡み付かれているエミリアを助けたくとも、向かって来る蔦を避け斬り落とすのが精いっぱいのクレアは、魔法を発動するための呪文詠唱が続かない。

「アイシクル、あぁっ！」

左手で氷結魔法を発動しようと、魔力を集中させたエミリアの目前へ新たな蔦が迫り来る。

バリンッ！

「きゃああっ！」

左手の中で暴発した氷の弾丸が無数の破片になり、手のひらに突き刺さる。

氷の破片が切り裂いた切創による痛みで、全身に蔦が絡み付いたエミリアは悲鳴を上げた。

地面に開いた穴から出現した無数の蔦は、エミリアの体に巻き付き彼女の悲鳴をも呑み込んでいく。

「――っ⁉」

エミリアの全身を覆いつくした蔦は、地面に開けた大穴の奥へと彼女を引きずり込んでいった。

「エミリアさん！」

行く手を阻む蔦を斬り落とし、クレアは必死で手を伸ばすが、穴へ引きずり込まれていくエミリアには届かない。

「エミリアさんー！」

伸ばしたクレアの手は空を切り、無情にも緑色の塊と化したエミリアの姿は穴の奥へ消えてしまった。地上で蠢く蔦も、穴の奥へと戻っていく。

「うそ……」

震える膝からは力が抜け落ち、顔色を青くしたクレアは穴の前で座り込んだ。

斬り落とされ痙攣するように動いていた数本の蔦は、緑色の塊が地面へ消えると一気に水分が抜けて枯れ枝と化した。

「はー、全部あっちへいってくれたな。良かった」

ロングソードを地面に突き刺して体重を預けたフラットは、額の汗を手の甲で拭い安堵混じりの息を吐いた。

「……は？」

蔦とエミリアが消えていった地面の穴を覗き込んでいたクレアは、フラットの発した信じられない発言に驚き理解するのに数秒を有した。

「良かった、ですって？」

何を言ったのか理解はしても、チームメイトが危機に瀕しているのに安堵する理由が分からず、目を見開いたクレアはゆっくりと立ち上がる。

「エミリアさんのおかげで俺達は助かっただろ？　追いかけても無駄だよ。もう手遅れ。アイツは魔力に反応して襲ってくるんだ。魔石を探索するためにエミリアさん、魔力を放っただろ？　魔力を感知したアイツに見事獲物として認識されて、餌として巣穴に連れて行かれたってわけ」

ほの暗い笑みを浮かべて、「あははは っ」と肩を揺らして笑うフラットからは好青年の顔は消え失せ、見た者を不快にする粘着質な印象へと変化していた。

「は？　フラット君、何を言っているの？」

笑顔を見て湧き上がる嫌悪感から、クレアはずりずりと後退りフラットと距離を取った。

「アレはスライム系の中でも厄介な奴なんだよ。ここら辺にいる他の魔物より強いし、魔力を吸収する上に物理攻撃ではほとんどダメージを受けない。強力な溶解液と蔦、触手で攻撃してくるヤツだから、近寄らない方がいい」

「どうして、フラット君は、それを知っているの？」

極度の緊張からクレアの声は上擦り、心臓の鼓動は速くなっていく。

距離を取りフラットの動きを注視しつつ、クレアは野外活動着の上から上着のポケットに触れる。

「どうしてだと思う？」

引き攣った顔のクレアからの問いに、フラットは三日月のように目を細めて笑う。

「エミリアさんに魔法を使うように言ったのは、獲物として認識させるためだったのね。そうよ、何処かで見たことがあると思っていたら、貴方は……貴方は、食堂にいた男子の一人！」

食堂でシンシアとイーサンが騒ぎ教師たちが駆け付けた後、今後のことを考えたクレアは自分達を取り囲んでいたシンシア派の男子生徒達の顔を記憶しようと、彼等の特徴をしっかり見ていたのだ。

「護符を渡しなさい。救難信号を出して先生たちを呼ばなければ！」

「駄目だよ。先生達が助けに来るだろ？　エミリア・グランデが食われたのを確認するまで使えない」

「渡してくれないなら、力ずくで奪うわ！」

ショートソードの柄を持ち直したクレアを、暗い光を宿した目で見たフラットは首を横に振る。

「そういやアンタもシンシアちゃんに酷いことを言っていたよな。エミリア・グランデを追いかけて行き、スライムに食われるっていう友情物語もいいな。俺は止めたけど、制止を振り切ったクレア嬢は穴に飛び込でしまったって言えば、面倒な先生達も納得するだろう」

地面に突き刺していたロングソードを引き抜き、切っ先をクレアに向けたフラットは愉しそうに口角を上げた。

＊＊＊

吹き抜けていく風で草木が揺れ、風の中に覚えのある魔力を感じ取ったダルスは足を止めて、風が吹いて来た方を見た。

「エミリア？」

風の中に混じっていたのは、間違えるわけがない姉の、エミリアの魔力。

名前を呼んだ返事の代わりに、ダルスの耳に微かな悲鳴が届いた。

「ダルス君、どうしたの？」

話しかけても素っ気ない態度をとっていたダルスの変化を感じ取り、シンシアは小首を傾げて彼の顔を見上げた。

「悲鳴が聞こえた」

「悲鳴？　何も聞こえないわよ？」

抑揚のない声で答えるダルスの視線は、上目遣いで問うシンシアを通り越した先を見詰めていた。

『……が、危機に瀕した時は察知出来るようにした。面倒な制約があるせいで、俺は学園内を自由に行き来出来ない。代わりにお前が守れ』

思い出したくもない男の声が脳裏に響き渡り、眩暈（めまい）に襲われたダルスは右手で顔を覆う。

（何故、あの男の声が聞こえてくるんだ！　危機に瀕したって、まさか、エミリア！　くそっ！）

魔力を感じ悲鳴が聞こえた意味を導き出す前に、ダルスは心配するシンシアを無視して動いていた。

「ダルス君？　何処へ行くのよ！」

「おいっ！　待てよ！」

慌てるシンシアと男子生徒の制止の声に答えることなく、エミリアの魔力を感じた方向へ向かってダルスは駈け出した。

＊＊＊

大きく振りかぶった斬撃を横に凪いだショートソードで受け流され、フラットはクレアから距離をとった。

「ちっ」

ショートソードをかまえ直すクレアの動きは最小限なもので、呼吸を乱すフラットと違い彼女は息切れすらしていない。

代々騎士を輩出してきた家系とはいえ、女子のクレアが自分と互角以上に戦えるのは誤算だった。

「見た目は大人しくても私は騎士の娘なのよ！　早く護符を寄越しなさい！」

「はっ！　助けを呼んでももう遅い！　今ごろエミリア・グランデは、スライム共に絞殺されているか溶かされて食われている！」

「集団で私達を嵌めて！　このっ卑怯者！」

『卑怯者』

騎士を目指しているフラットが、演習前から心に引っ掛かっていた言葉。

「俺は卑怯者ではない！」

零れんばかりに目を見開いて眉を吊り上げたフラットは、ロングソードを高く振り上げてクレアに飛び掛かった。

バチバチバチッ！

「ぎゃああ⁉」

ロングソードの切っ先がクレアへ届く前に、フラットの体は電撃に包まれた。

「あぁっ、なん、誰だ⁉」

体中の火傷の痛みと四肢の麻痺で、足元をふらつかせて振り返ったフラットは、自分へ向けて魔法を放った相手が誰なのか知り、怒りではなく驚愕で大きく目を見開いた。

「お前は、ダルス・グランデ！　何故此処にいる？　シンシアちゃんと一緒じゃないのかよ！」

無言でフラットへ近付いたダルスは、電撃魔法による火傷で赤くなった彼の手首を掴み、そのまま腕を背中へ回し捻り上げた。

殺気すら感じさせる表情で、ダルスはフラットの手首を掴む指に力を込める。

「ぎゃああ！」

ミシリ、と骨が軋む音とフラットの悲鳴が森の中に響き渡った。

「エミリアを嵌めたって、溶かされて食われているって、どういうことだ？」

低く抑揚のないダルスの声には殺気が混じり、返答次第では腕をへし折られるどころか、死すら有り得ると覚ったフラットは震えあがった。

「ダルスくん。エミリアさんは、コイツのせいで魔物に襲われて、攫われたのよ！」

真っすぐにフラットを指差したクレアの言葉で、ダルスの全身から放たれる殺気が増していく。

「何だと？　お前、エミリアに何をした？」

「うあああ！」

掴まれた手首からミシミシと音が聞こえ、走り抜ける激痛でフラットは絶叫した。

「言え。言わなければ、このまま腕をへし折る」

「シ、シンシアちゃんを泣かしたエミリア・グランデを、痛めつけてやるって、食堂でも先生方と王太子を味方につけて許せないって、親衛隊で魔物を森の地下に召喚しておいたんだ。上手く同じチームになった奴が、エミリア・グランデを嵌めてやろうという話になって。魔物を使って痛めつけて、傷を負えば学園に来れなくなると思って、さっき俺が魔力に反応する魔物を召喚して、魔法を使わせた。うぐあっ！」

ボキンッ！

骨が折れる音が聞こえ、掴まれている手首の痛みと衝撃でフラットは白目を剥いて失神した。

怒りで顔色を蒼白にしたダルスが掴んでいた手を離せば、白目を剥き口の端から涎を垂らしたフラットは顔面から地面へ倒れた。

「……エミリアを嵌めるために自作自演どころか、魔物まで召喚しただと？　この屑野郎が！」

失神したフラットの背中を目掛けて、足を上げたダルスの腕をクレアが引っ張り動きを制止する。

「ダルス君！　やりすぎ！　こんな奴よりもエミリアさんを助けなきゃ！」

「くっ」

眉間に皺を寄せ、奥歯を噛み締めて怒りと衝動を抑え込んだダルスは地面に片膝をつき、失神しているフラットを仰向けにして、彼の野外活動着のズボンのポケットから護符を引っ張り出してクレアへ手渡した。

「これを。それから、しばらく目を覚まさないと思うが、そいつを縛っておいてくれ」

失神しているフラットとクレアに背中を向け、ダルスはエミリアが引きずり込まれた地面に開いた穴を見下ろす。

「一時間経っても俺が出て来なかったら、救難信号を出せ」

「分かったわ。気を付けて」

微かに頷いたダルスは自分の胸に手を当て、重力軽減魔法をかけると穴の中へと飛び込んだ。

全身を締め付ける蔦で全身の骨が軋み、肺が圧迫されて呼吸もままならない。

浮遊感を感じ、どこか深い場所へ落下していくのが分かっても、身動きどころか呼吸も出来ないエミリアは、指先すら動かせなかった。

（痛い！　苦しい！　このままじゃ、蔦に絞め殺されちゃう！）

呼吸困難の苦しさから、ぎゅっと力を入れて目蓋を閉じる。

前のエミリアが病床で感じた『死への恐怖』が再び湧き上がってきて、全身の血が逆流するような感覚に陥った。

死への恐怖の高まりに呼応して、エミリアの心臓がドクンッと大きく脈打つ。次の瞬間、蔦が擦れて動く音と同時に、全身を締め付ける力が僅(わず)かにゆるんだ。

（力が弱まった？　どうして？　あっ）

少し開けた目蓋の隙間から見えたのは自分の胸元。

体育着の下にある何かが発光し、蔦はその光に怯んでいるように見えた。

（ノアが持たせてくれた御守りのネックレス！）

感覚がほとんど無い指をどうにか動かして、エミリアは体育着の襟元を引っ張ると、白色の光を放つネックレスを取り出した。

ぱあんっ！

外に出した雫形の石の輝きは増していき、エミリアに巻き付いていた蔦は破裂音と共に弾け飛ぶ。

蔦から解放されたエミリアはよろめき、その場に立っていられず地面に膝をついた。

「ゲホゲホッ！　ぐっ」

一気に楽になる呼吸と、締め付けられていた喉への負担でエミリアは咳き込み、込み上げてくる吐き気と痛みに呻く。

蔦による締め付けで体育着と野外活動着は所々破け、裂けた皮膚からは血が滲んでいた。

「うぅ、此処は、地下？」

ヒカリゴケの放つ黄緑色の光により、灯りが無くても周囲の確認は出来る。

真上を見れば、エミリアが落ちた穴からは陽光が地下へ射し込んでいた。

「森の下には地下空間があるって言っていたけど、此処がそうなのかな。たしか、地下空間には魔石が無いって言っていたわね」

手を開閉して感覚を取り戻しつつ、エミリアは演習の説明時にマッスルーニー先生がボードに貼った、森の説明図を思い浮かべる。頭上の穴を見上げ、どうやって地上まで登ろうか思案するエミリアは視界の隅で、何かが蠢くモノを捉えた。

(魔物！　さっきの蔦は本体じゃない。本体はお守りの力で驚いて引っ込んだだけで、また襲い掛かってくるわ。どうする？　考えろ、考えろ私！)

『人でも魔物でも未知の相手に出会った場合は、仕草、表情、纏う雰囲気、魔力をよく観察をしてください。魔法や物理攻撃が効かない特殊な敵は、形状と動きで何が有効かを見極めるのです。初手が肝心ですよ』

ずる、ずる、ずる……

魔物が地を這う音に混じって、幼い頃、ノアに言われた言葉が脳裏に蘇える。

腰に手を伸ばして、エミリアは下唇を噛む。ベルトで腰に固定していたショートソードは、地上で蔦に攻撃された時に外れていた。

(蔦は私の魔力に反応して襲い掛かってきたわ。現に今は近付いてきてはいても無反応。武器が無いなら最低限の魔力放出、遠隔操作にして魔法を発動させれば倒せるかもしれない)

地上から射し込む光の下までやって来た魔物の姿を目にして、エミリアは息を飲んだ。

暗がりから現れたのは、体表から数十本の緑色の蔦を生やした楕円形の物体。半透明の体の中央には、ピンク色と青い色の臓器が脈打つのが確認できた。

「スライム? なんて、大きさなの!」

魔物図鑑の知識から、スライムの種類はとても多いことは知っていた。

蔦や触手を生やすスライムもいると知識として知っていた。ただ、問題はスライムの大きさだ。横幅も縦幅もエミリアの身長以上の大きさのスライムと対峙して、生理的な気持ち悪さと恐怖で膝が震え出す。

「気持ち悪いっ。でも、スライムなら核を潰せば倒せるわ」

嫌悪感で引きつる口元を動かし、省略した呪文を早口で唱えたエミリアは右手をスライムに向けて突き出した。

「アイスショック！」

キュドドド！

広げたエミリアの手のひらから、十数個の氷の弾丸がスライムの本体へ向けて発射される。

スライムの本体へ命中し、体表を覆う粘液で氷の弾丸は瞬時に解けていき吸収されていった。

「そうか、表面のヌルヌルが魔法を吸収しているのね。きゃあっ！」

スライムの核が鮮やかな赤色に輝き出し、表面から生えている蔦が大きくしなるとエミリアへ目掛けて襲いかかった。

「くっ！　ウオーターカッター！」

間一髪、エミリアへ届く前に発動した水の刃が襲い来る蔦を斬り落とす。水の刃で斬り落とされ、本体から離れた蔦は黒ずんでいき塵となった。

（蔦は魔力を感知して襲ってくる。本体は粘膜に守られていて魔法攻撃を吸収する。じゃあこうよ！）

スライム本体から再生して再び襲いかかってくる蔦を避け、エミリアは転がる石を掴む。

石を魔力で包み込むと、スライム本体へ向かって力いっぱい投げた。

魔力で硬度を強化させた石は、狙い通りスライムの粘膜を突き抜けて、内部へと入り込む。

「弾けろ！」

力ある言葉を言い放ち、エミリアは開いた手を握った。

ボンッ！

「ギイィー!?」

核の近くへ入り込んだ石に込めた魔力は、エミリアの言葉に従い爆発を起こし臓器を破壊する。

スライムの体は大きく抉れ、振動で地下空間が揺れた。

臓器の大部分を失い、それでも体を再生させようと核は激しく脈打ち、スライムは歪な形へと形成されていく。

もう一度核を攻撃しようと石を掴んだ時、頭上からエミリアの名前を呼ぶ声が聞こえた。

「エミリア！　後ろへ下がれ！」

誰の声かと考える前に、体が反応してエミリアは後ろへ跳んだ。

地上と繋がる穴から飛び降りて来たダルスは、両手で柄を握ったロングソードを落下の勢いをつけてスライム目掛けて振り下ろした。

ダルスの振るった渾身の一撃によって、スライムの本体ごと核は真っ二つに断ち斬られる。

「ピギイィィ！」

着地したダルスの横で、核を斬られたスライムの本体はぐにゃぐにゃに波打ち、蔦の先端から塵と化し崩れ落ちていく。痙攣する臓器が塵と化し、最後に二つに割れた核が塵と化していった。

「大丈夫か？」

肩で息をするエミリアの顔を覗き込み、ダルスは大きく目を見開く。

「ダルス……どうして？」

森の広場でダルスを見かけた時は、彼は男子生徒とチーム分けの紙を見せ合っていた。単独行動してダルスの方こそ大丈夫かと、問いたくなった。

「エ、エミリア怪我は、傷だらけだな」

頬を赤く染めたダルスはエミリアから視線を逸らし、腰に巻いていた野外活動着の上着の袖を解いた。

「コレ、着ていろよ」

「上着を？　あっ」

渡された上着を受け取ったエミリアは、下を向いて自分の姿を改めて知った。

着ている体育着と野外活動着の所々が破けており、破けた布の隙間からブラジャーとショーツも見えていて、特に胸元は、大きく開いてブラジャーのレース部分と胸の谷間が見えていた。

受け取った上着を当て、顔を真っ赤にしたエミリアは胸元を隠す。

「あ、ありがとう」

体温が上がるのを自覚して、下を向いたエミリアはいそいそとダルスの上着を羽織る。

羽織った上着はエミリアには大きくて、ショーツが見えている尻部分もしっかり隠してくれた。

「さてと、どうやって上に登ろうか」

腰に手を当てて頭上を見上げるダルスの隣で、ヒカリゴケの光が届かない地下空間の奥を見ていたエミリアは空気の揺れを感じて、ハッと体を揺らした。

「っ！　ダルス！」

ドン……ドスン、ドスン！

近付いて来る巨大な何かの音が聞こえ、エミリアはダルスの腕にしがみ付く。

しがみ付くエミリアの胸の感触を感じて、額から汗を垂らして全身を赤く染めたダルスは、ゆるむ口元に力を込めた顰めっ面になり、唇が小刻みに震える。

「何か、来る！」

足音を響かせて現れた魔物のシルエットを見た瞬間、ダルスは「やべぇ」と小さく呟いた。

ヒカリゴケの淡い光に浮かび上がったのは、黒光りする鱗に覆われた巨大なトカゲだった。

「ひっ」

爬虫類が苦手なエミリアは、生理的な嫌悪感から悲鳴を上げそうになり、口元を押さえる。

通常のトカゲとは違うのは大きさだけでなく、獰猛な性格と高レベルの冒険者でも太刀打ちできない強さだった。

血のように赤く爛々と光る瞳がエミリアとダルスを捉え、牙がびっしり生えた口の隙間から先が割れた長い舌をチロチロと出す。

「ちっ、でかいな。巨大トカゲ、黒色の鱗に紫色の目元は毒を吐くリザードか……このまま此奴に暴れさせたら、壁が崩れて生き埋めになる。エミリア、援護を頼む」

腕にしがみ付くエミリアを引き剥がして、ダルスはロングソードを両手でかまえ駈け出した。

「ダルス、無茶しないで！」

ダルスを敵と認識したリザードは、大きく開いた口から伸ばした舌を鞭のようにしならせる。

伸びた舌は地面を抉り、ダルスに襲いかかった。

「ウォール！」

魔力によって出現させた水がダルスを囲み、リザードの舌による攻撃を防いだ。

動きが止まった魔物の鱗を斬り裂こうと、ダルスはロングソードを大きく振りかぶった。

リザードの肩を斬りつけたはずの攻撃は、硬い鱗に傷一つ付けられず刃を弾かれてしまう。

握った柄から手に伝わる振動で、ロングソードを取り落としそうになりダルスは顔を歪める。

ドガッ！

反撃したリザードの手が大きく動き、避ける間もなく太い腕に振り払われたダルスの体は、勢いよく硬い地面へ叩きつけられた。

防御出来ずに強烈な一撃を受け、全身を硬い岩盤に打ち付けた衝撃と背中から脇腹にかけて鋭い爪が抉った傷で、ダルスは呻き声一つ出せずに意識を失う。

「ダルス！」

倒れるダルスの背中を踏みつけようと足を上げたリザードへ向けて、エミリアはズボンのポケットから取り出した煙幕玉を投げつける。

煙幕玉から白煙が広がり、リザードが怯んだ隙に自分の体を魔力で強化したエミリアは、気を失っているダルスを肩に担ぎ暗がりへ移動した。

「ひどい……ヒールウォーター」

白煙が消えていく。倒れて身動き一つしないダルスに回復魔法をかけるエミリアを次なる獲物だと認識し、口元を舌なめずりしたリザードは首を横に振った。

「ガアアッ！」

　白煙が完全に消え、リザードが動き出した気配を感じたエミリアは回復魔法を中断する。

「アクアシールド！」

　咆哮と共にリザードが吐き出した紫色の毒の息は水の結界が防ぐが、咆哮の勢いで飛んできた細かな砂礫がダルスを庇うエミリアの肌を掠めていく。

　頬を擦る砂の痛みで顔を歪めたエミリアの意識が乱れ、水の結界に細かい亀裂が入っていく。

　亀裂は結界全体に広がり、バリンッと音を立てて割れた。

「サンダーボルト！」

　回復魔法によって意識が戻り、上半身を起こしたダルスは割れた結界の隙間から手を出し、頭を低くして突撃姿勢をとったリザードへ向けて電撃魔法を放った。

　不意打ちだった電撃を受けて、リザードは背中を仰け反らせる。

「馬鹿！　無茶するな！」

「無茶はしていないわ。ダルス一人で戦うのは無茶よ」

「水属性のエミリアとトカゲは相性が悪い。俺がトカゲの気を引くから、その隙に逃げろ」

　地面へ叩きつけられた時にトカゲの爪が抉った背中の裂傷は塞がっていても、脇腹の裂傷はまだ塞がり切れておらず出血は続いている。

　自分が犠牲になるというダルスの口ぶりに、目を潤ませたエミリアは眉を吊り上げた。

「何ダルスらしくないことを言っているのよ！　上に上がる方法が分からないから逃げられないでしょ！　私も一緒に戦う！」

両目に涙を溜めて言い放ったエミリアは、傷だらけのダルスの手を握った。

「お前を守り切れなかったら、俺がアイツに殺される」

手を握られて目を丸くした後、ダルスは苦笑いする。

「アイツって、ノアに？」

「悪戯をしたのを見逃す代わりに、エミリアを守れって地獄の鍛錬をさせられていたんだよ。でも、俺がエミリアを守りたいのは、アイツに言われているからじゃないからな！」

ロングソードをかまえ直し、ダルスは突進してくるリザードへ向かって駆け出した。

電撃の魔力をロングソードに纏わせ、食らい付こうとするリザードの噛み付き攻撃を避け、カウンターで首に斬撃を繰り出す。

「ノアが、私を守らせていた？」

援護をしなければと頭で分かっていても、たった今知った事実に動揺して声が震える。

エミリアに意地悪をする度、ダルスはノアからきついお仕置きをされていたのは知っていた。

でも、そのお仕置きがエミリアを守るための鍛錬へ変わっていき、ノアがダルスを鍛えていたとは思いもよらなかった。

（未来を改変しようとした結果、ダルスが変わってくれたのではなく、ノアが変えてくれた。ずっとノアに、皆に守られていたのね。今の私はなんて幸せなのだろう）

戦うダルスの姿が歪み、エミリアの目から堪えきれない涙が一滴零れ落ちる。

「ヒールウォーター」

頬を伝う涙を手のひらで拭き、エミリアは傷付きながら戦っているダルスへ回復魔法をかける。

今は泣いている場合ではない。どうにかしてこの場を切り抜けなければ、体力と魔力が尽きてリザードに喰われてしまう。

この場に彼がいてくれたらと、自分の力不足を痛感したエミリアは奥歯を噛み締めた。

「ノア……」

恐怖で震えそうになる心は前の記憶を持つ気丈なエミリアではなく、年齢に引っ張られている十六歳のエミリアになっていた。震える心がノアを求め、「大丈夫」だと言われて頭を撫でて欲しいと欲する。

ダルスの援護のため、呪文詠唱をしなければと分かっていても呪文が浮かんでこず、エミリアは御守りの雫形の石を握る。

「ノア、怖いよ。助けて」

ノアの名前を声に出した時、肩を爪で引っ掻かれ動きが止まったダルスを追撃しようと、リザードは両腕を振り上げた。

ザンッ！

魔法を発動させるため魔力を練るエミリアの耳に、硬くて重いモノが切断される音が届く。

「ギャウアァー！」

斬撃の音が聞こえた後、片腕を失った痛みで絶叫したリザードが轟音と共に後ろへ倒れる。

巨体が倒れた衝撃で砂煙が舞い上がり地下空間が激しく揺れ、よろめき転倒しそうになったエミリアは地面に手をつく。

「お嬢様」

地下空間に現れた声の主は、唖然とするエミリアへいつもと変わらない口調と微笑みを向ける。

シャツのボタンを二つ外して首元を寛げたラフな服装で、右手に剣の柄を握り左手は驚いて瞠目しているダルスの体育着の襟首を掴んでいる彼は、ふっと息を吐いた。

「やっと私の名前を呼んでくれましたね」

左手で掴んでいたダルスの襟首を引き、文字通りエミリアの真横へ放り投げた。

「いてっ」と声を出したダルスは、強打した尻を擦りノアを睨んだ。

「危機を感じたら私の名前を呼ぶようにと、暗示をかけたのに……まったく、自分の力で何とかしようとするのは昔から変わりませんね。もう少し、私を頼ってください」

「ノア？　ノアなの？　本物？」

「ええ」

地面にへたり込んだエミリアの側まで歩み、剣を地面に突き刺して身を屈めたノアは、大きな瞳から零れ落ちた涙を人差し指で拭う。

「もう大丈夫です。トカゲを片付けてからお嬢様方を地上へ送ります。少しだけお待ちください」

擦り傷が出来た頬に人差し指の先で労わるように触れ、ノアの大きな手のひらがエミリアの頭を優しく撫でる。

それだけで恐怖は塗り替えられて、代わりに生じた安心感からエミリアは涙を浮かべて頷いた。

「お前、来るならもっと早く来いよ」

「フッ、負けかけていたお坊ちゃんが生意気な」

睨むダルスへ右手を向けて高位回復魔法を発動し、馬鹿にしたように嗤うとノアは口角を上げた。

「お嬢様が私の名前を呼んでくれなければ、結界に覆われたこの場へ転移出来ないからな。リザードの生息地はこの大陸には無かったはずだ。誰に召喚されたか知らぬが、トカゲの分際で俺のお嬢様を傷付けるのは許さない」

「許さないとか言って、勝てるのかよ」

「愚問だな。お坊ちゃんにはお嬢様を守っていてもらう」

フンッと鼻を鳴らしたノアはダルスとエミリアから背を向け、地面に突き刺していた柄と鍔に細かな装飾が施された剣を引き抜く。

もがくように残った手を動かして巨体を起こしたリザードへ、鋭い剣の切っ先を向けた。

片腕を斬り落としたノアを憤怒の目で睨み、口と鼻から毒の霧を漏らすリザードは毒の息を吐こうと、大きく息を吸った。

「グゴッ！」

地面を蹴って跳躍したノアは、逸らした首を振り毒の息を吐こうとしたリザードの口に剣を突き刺し串刺しにした。

剣を突き刺して塞いだ口の隙間と鼻の穴から、漏れ出た毒の靄をノアは手で払い退ける。

痛みと混乱で暴れ出すリザードの肩に乗り、頭部に触れる手に魔力を集中させたノアは冷たく残忍な笑みを浮かべた。

「ポイズンリザードでは、俺の相手は力不足だ」

「ガッ!?」

口を串刺しにしている剣を引き抜くと、リザードの頭部に触れるノアの手を中心にして金色に輝く文字が浮かび上がっていく。

「ライトクロス」

力ある言葉により魔法が発動し、金色の光が地下空間に満ち溢れた。

リザードの体を貫いた金色の光は、真っすぐに頭上の穴へ伸びていき地上へ出ると先端を十字の形に形成し、強固な鱗に覆われた巨体を焼き尽くす。

眩い光に耐え切れず手で目元を覆ったエミリアは、光の中でリザードの巨体が消失するのを僅かに目蓋を開けた狭い視界の中で見ていた。

「ノア、貴方は一体……」

初めて見た魔法と金色の光。

初めて見たはずなのに、何処かで見たことがある気がして心臓が激しく脈打つ。

胸元を押さえて深呼吸をしているうちに、視界が霞み出してエミリアの意識は遠退いていく。

「エミリア！」

意識を失い傾ぐエミリアの体を、立ち上がったダルスが腕を伸ばして支えた。

リザードの巨体を焼き尽くし、地上まで伸びた金色の柱は解けるように消えていく。

何事も無かったかのように立つノアを見た瞬間、意識を失ったエミリアを支えるダルスの背筋に冷たいものが走り抜けた。

近付いて来るノアから逃げたくなるのを、ダルスは気力を振り絞って堪える。

「今ので狼煙代わりになったはずだ。もう少しすれば教師達がやって来るだろう」

目前で足を止めたノアが手を伸ばし、条件反射でダルスはビクリと体を揺らした。

顔面を蒼白にするダルスを無視したノアの手は、意識を失い目蓋を閉じるエミリアの頭を一撫でして離れていく。

「小僧。お前をお嬢様と共に地上へ転移させる。穴の側にいる御友人と教師達をうまく誤魔化せ」

「お、おいっ！」

一方的に言い放たれ、困惑するダルスの足元に転移魔法陣が展開される。

「それから、お嬢様を無事に寮まで送り届けろ」

「まって」

言い終わる前にダルスの足元の転移魔法陣が輝き出し、二人の姿は地下空間から地上へと転移した。

「きゃあ！」

突然、姿を現したダルスとエミリアの二人に驚き、クレアは短い悲鳴を上げた。

「ダルス君！　エミリアさんは⁉　それと、今の光は何だったの？」

畳み掛けるように、クレアは地面に膝をついているダルスの肩を揺さぶる。

クレアの勢いに圧されつつ腕に抱えたエミリアの顔を見下ろして、ダルスはようやく全身の緊張が和らいでいくのを感じた。

「……エミリアは、気を失っているだけだ。あの光は……そう、地下にいたスライムに驚いたエミリアの魔法が、暴発したんだよ」

「暴発？　それであの光は、凄いね。十字の光なんて初めて見たわ。何の魔法を使ったの？」

地下空間へ繋がる穴とエミリアを交互に見るクレアの問いに、ダルスは「さぁ」と答えた。

二人がかりでも苦戦し、硬い鱗に覆われたリザードを雑魚扱いにして、簡単に倒してくれたノアが放った魔法は何かなど、一通りの魔法を学んだダルスでも知らない。

地下空間に残っているだろう、恐ろしい男に訊く気も無かった。

「それより、エミリアを嵌めた彼奴は？」

「言われた通りに拘束したわ。目が覚めても外せないはずよ」

クレアが指差した方には、未だ気絶しているフラットがロープでぐるぐる巻きに拘束されて、地面に転がっていた。

「早く救難信号を出して先生達を呼びましょう。え、なに？」

風が渦巻き、異変に気付いたクレアは腰に差したショートソードの柄を握る。

空間の揺れを感じ取り、後ろを振り返ったダルスは腕に抱くエミリアを抱えなおし、立ち上がった。

「大丈夫だ」

目蓋を閉じたダルスが言い終わると同時に、二つの転移陣が展開された。

「君達！　大丈夫か⁉」

転移陣から姿を現したマッスルーニー先生とジョージ先生は、縄で拘束されて地面に転がるフラットへ怪訝そうな目を向け、傷だらけのダルスとクレアを見ると渋い顔になった。

「これは一体？　何が起こったんだ？」

「先生方、来て下さりありがとうございます。魔石探索中にフラット君が魔物を召喚しました。彼が私達を魔物に襲わせたという証拠はあります。途中からですが、録音してあります」

姿勢を正したクレアは、上着のポケットから記録用魔道具を取り出す。

魔道具を受け取ったマッスルーニー先生は、隣に立つジョージ先生と顔を見合わせた。

「確認してもいいか？」

「はい」

神妙な顔つきでマッスルーニー先生は魔道具を手のひらの上に乗せ、魔力を流し込めば記録された音声が再生されていく。

震えるクレアの声、自慢気に自らが魔物を召喚したと説明するフラットの声、剣と剣がぶつかり合う金属音が聞こえ、マッスルーニー先生とジョージ先生の顔色が怒りで赤くなっていく。

「……なるほど、フラット・バケルが魔物を召喚し、君達に危害を加えようとしたのか。クレア嬢、検証のため録音機を貸してもらうよ」

怒りで顔を赤から黒に近い色にしたマッスルーニー先生の声は、今にも爆発しそうになる感情をかき集めた理性で抑えているせいで震えていた。

「男子生徒達が共謀して女子を攻撃するとは……何ということをしてくれたのだ！　これはもう、子どもの悪ふざけで済ませることは出来ませんよ！　今すぐフラット・バケルを叩き起こして尋問、いや事情を聞かねば！」

額に浮いた青筋と赤黒い顔色で、人外の存在に見えるジョージ先生の全身から蒸気が吹き出し、剣幕に驚いたクレアは一歩後ろに下がる。

「今日の実戦演習は中止だ。疲れているところ申し訳ないが、君たちには詳しい話を聞きたい。ダルス君もいいか？　エミリア嬢は保健室で休ませよう」

憤怒で顔色は赤黒いのに満面の笑みで、着ている服が破れんばかりのパツパツになるくらい筋肉を強張らせたマッスルーニー先生に言われ、本音では面倒だと思っていても二人の先生の圧に圧倒されたダルスには、頷くしか選択肢は残されていなかった。

＊＊＊

ダルスとエミリアを地上へ転移させたノアは、右手で握る剣の鍔についた輝きの消えた宝玉を見て自嘲の笑みを浮かべた。

転移魔法陣が展開され、教師達が来たのを気配で確認してからノアは穴の真下から移動する。

身を屈めて巨大スライムが溶けていった地面、次いでポイズンリザードの影のみが残った地面に指先で触れた。

(この地には生息していない魔物、学園の生徒では太刀打ちできない大型の魔物を、教師達がこの森に放つわけはない。演習に参加した生徒が魔物を召喚したとしても、技術と力不足で失敗するだろう。他に手を貸した者がいるな。スライムは兎も角、獰猛で高レベルのポイズンリザードを召喚するためには、それなりの技術と魔力が必要だ)

目蓋を閉じたノアは、ポイズンリザードを拘束しただろう魔力の残滓、真の召喚者の痕跡を得ようと地面に焼き付いた影の中から探る。

守護魔法が発動したのを感知しても、森に張り巡らされているのは魔物をこの地に封じ込め、学園を支えている厄介な結界。

無理やり結界を破るのは時間と魔力が必要になり、学園内を荒らすことになるリスクがあった。

「恐怖を抱いた時にノアの名を口にする」という、暗示をかけたエミリアは中々暗示通りには動いてくれず、小言の一つを言おうと思っていたのに安堵から涙を流す可愛い姿を見た途端、小言などどうでもよくなった。

(俺のお嬢様を狙った愚か者を……見逃すわけにはいかない)

僅(わず)かに残った魔力の残滓から、表向きの召喚者とされるフラットとは全く異なる魔力を見付け、ノアは暗く残酷な笑みを浮かべた。

＊＊＊

あたたかくてやわらかい何かにくるまれて、エミリアは眠っていた。

体をくるむものは心地よく、ほのかに花の香りがして安心感があった。面倒なことは全て忘れて、このままずっと眠っていたいとすら思えてくる。

(あれ？　前にもこの香りを嗅いだことがある、気がする。どこで嗅いだのかな？)

喉の乾きを感じて口を開いた時に小さく咳き込み、エミリアの意識が浮上していく。

何かを掴もうと伸ばした手が空を切り、重たい目蓋を少しだけ開いた。

まず視界に飛び込んできたのは、真っ白の天井とベッドを囲む淡いカーテン。背中に当たるマットレスの感触と木製フレームから、エミリアが眠っていたのは一般的なシングルベッドだったと分かる。

首と頭を動かしてみて、強い眩暈(めまい)に襲われて目蓋を閉じる。

ひどく体が重く、体に力が入らない。何とか重い体を動かそうと、エミリアは僅(わず)かに身動いだ。

コツコツコツ、足音が聞こえて眩暈(めまい)を堪(こら)えてエミリアはカーテンの方へ顔を向けた。

「ああ、気が付いたかい」

カーテンの隙間から顔を覗かせたのは、学園の保健医ブレイン先生だった。

焦点の合わない目をしたエミリアに気付くと、ブレイン先生はやわらかく微笑む。

自分が眠っていたのが学園の保健室だと、まだ霧が晴れない思考の中で理解した。

「此処は保健室だよ」

力を入れて起き上がろうとした両腕は力が入らず、起き上がるのは諦めてエミリアは顔を動かして先生の方を向いた。

「少し、触れるよ」

カーテンを半分開いてベッドの横へ来たブレイン先生は、脱力したエミリアの手首を取り脈の状態を確認する。

「何が、あったの、ですか？」

何故、学園の保健室で眠っているのかという疑問と、自分の口から出た掠（かす）れた声と喉の痛みに、エミリアは戸惑う。

「実戦演習中に一部の男子生徒が暴走したようだ。チームを組んだA組生徒を害そうとして、演習は中止になった。演習中に魔物に襲われたんだろう？　君は気を失って保健室に運ばれたんだよ」

「そう、ですか」

俯いていたエミリアはハッと顔を上げ、ブレイン先生の背後、カーテンの間から壁に掛けられた時計を見上げた。

「一緒にいたダルスは、ダルスはどうなりました？　クレアさんは？　ノアは？」

「落ち着いて。ダルス君は無事だよ。怪我は治って、今は生徒指導のジョージ先生から事情を聞かれている。クレア嬢も他の先生と話をしている。ノア、とは誰のことだい？」

ノアについて問われて、エミリアは小さく「あ」と声を漏らす。

学園の生徒であるダルスとクレアはともかく、ブレイン先生がノアのことを知るわけは無かった。

「い、いえ、ダルスとクレアさんが無事で良かったです」

「そうそう、服は破れて汚れていたから、女性の先生が貸し出し用の服に着替えさせてくれたからね。外傷は回復魔法で癒えていたけど、魔物との戦いで受けた体への衝撃は大きかったようだ。無理をしてはいけないよ」

捲(めく)り上がった掛布をエミリアの肩まで上げ、ブレイン先生は背を向けてカーテンの外へ出て行く。

「そうだ」

カーテンを閉めようとして、ブレイン先生の手が止まり振り返った。

「天候不良以外の理由で実戦演習が中止されたのは、学園の創立以来、初めてのことで先生達も混乱していてね。負傷者も多いし、明日は一年生だけ休みになった。明後日以降の授業について、寮に連絡が行くから。はぁ……実戦演習には意味があるのにね。それを中止にするとは、学園長も思い切ったことを、いや何でもない、ごめんね」

口元に手を当てたブレイン先生は苦笑いした後、数秒間口を閉ざして真顔になる。

「……エミリア嬢はこの国の成り立ちを知っているかい？」

「神に選ばれし勇者様と一緒に魔王を倒し、世界を救った聖女様が聖騎士様と共に建国したのがレティシア王国、ですよね」

幼子の寝物語や絵本にもなっている建国の祖となった聖女の話。

初等教育では、読み書きよりも魔法の勉強よりも先に、聖女様の話を覚えることから始まるのだ。

答えに頷いたブレイン先生の口元は、笑みを浮かべているのに目は全く笑っておらず、エミリアは寒気を感じて身震いした。

「この国の貴族は聖女様の血を受け継いでいる。でも、とある一族だけは聖女様の血が流れていない。不思議だとは思わない？　建国時からの古い貴族なのに、聖女様の血を継いでいないなんて」

「それは」

トントントン！

どういうことかと、声に出そうとした言葉と重なって保健室の扉をノックする音が響いた。

「おや、お迎えが来たようだ」

フッと息を吐いて笑ったブレイン先生は、カーテンから手を離して扉の方を向く。

周囲の空気が軽くなるのを感じ、掛布で顔を隠したエミリアは浅い呼吸を繰り返していた。

ガラリと音を立てて、保健室の扉が開く。

「失礼します」

聞き覚えのある声と気配に、掛布から顔を出したエミリアは目を瞬かせた。

「ダルス？」

「エミリア！」

扉を閉めるのも忘れ、血相を変えたダルスはベッドへ駆け寄る。

「起きたか？　体は大丈夫か？」

「う、うん。まだ力が入らないけど」

「動けないなら背負ってやるから、早く寮へ戻るぞ。此処では休めないだろ」

緩慢な動きで伸ばしたエミリアの手を取り、ダルスは目尻を下げた安堵の表情になった。

ダルスに手を引かれ、ベッドスペースから出て来たエミリアは、ブレイン先生に頭を下げた。

「お世話になりました」

「エミリアさん、お大事にしてね」

「はい。あっ」

無言でエミリアの手を引っ張ったダルスは、「行くぞ」と言うと扉へ向かった。

扉の前で頭を下げるエミリアに、ブレイン先生は笑顔で手を振って答えた。

保健室から出ると外は夜の藍色に染まり、天井の灯りが煌々(こうこう)と廊下を照らす。

「歩くの大変だろ？　ほら、乗れよ」

身を屈めて廊下に片膝をついたダルスは、エミリアに背中を向けた。

「う、うん」

遠慮がちにダルスの首に手を回し、思った以上に広い背中に体重を預ける。エミリアの胸とダルスの背中が密着した瞬間、彼の全身がビクリと揺れた。

「……行くぞ」

「あのね、重たくない？　大丈夫？　大変なら言ってね」

若干、ダルスの声が上擦っている気がして、エミリアは自分の体重のせいかと不安で訊ねれば、太股を抱える手に力がこもる。

「重たくない」

素っ気なく言うダルスの耳が赤くなっていて、どうしたのかとエミリアは首を傾げた。

「ダルス、ブレイン先生に挨拶くらいしなきゃ駄目だよ」

「俺は……あの先生は苦手だ。あの笑顔とか、全てが胡散臭く感じるんだよ」

「もう、失礼だよ」

そう言いつつ、エミリア自身もブレイン先生に違和感を抱いていた。

保健室での会話中、ブレイン先生の口元は笑みを作っているのに全く笑っていない目と、向けられた圧迫感を怖いと感じたことも、ダルスが来てくれて解放されたと安堵したのも事実。

「ダルス、今日はありがとう」

目蓋を閉じたエミリアは、ぎゅっとダルスの背中に抱き付く。

(助けに来てくれたことも、迎えに来てくれたことも、今まで守ってくれていたこと全て。今のダルスとなら、良い姉弟の信頼関係を築けていける)

前のエミリアが築けなかった信頼関係。たとえ、ノアによって「守れ」と刷り込まれた結果の行動でも、助けてくれたのもこうやって一緒に帰ることが出来るのも嬉しかった。

「エミリアが無事ならいい」

「うん」

ありがとうの想いを込めて、ほのかに血と汗の匂いがするダルスの背中に顔を擦り付ける。

夜の気配に包まれた寮までの道を、月明かりが優しく照らしていた。

女子寮の建物が見えて来た時、門の手前に居る人物に気付いたダルスの歩みが止まる。

「お帰りなさいませ、お嬢様」

門の前で二人を待っていたのは、メイド姿のノアだった。

頭を下げたノアはダルスの側まで歩み寄り、にっこりと微笑んだ。

「坊ちゃんも、ご無事で何よりでございます。お嬢様は私が部屋までお連れします」

固まるダルスの背後に回ったノアは、エミリアの脇に手を差し入れてひょいっと体を持ち上げた。

「わっ」

驚きの声を上げるエミリアをそっと下ろし、ふらつく体に腕を回して支える。

「お嬢様を此処まで連れて来てくださりありがとうございます。坊ちゃんもお疲れでしょうから
ゆっくりお休みください。さ、お嬢様も行きましょう」

有無を言わせない迫力を放つノアに圧され、エミリアとダルスはコクコクと同時に頷いた。

＊＊＊

「冗談を言っただけなのに、クレアとダルスが攻撃してきたんだ。俺は悪くない！」

生徒指導室で目を覚ましたフラットは、自分を囲む屈強な教師達に向かって叫んだ。

魔物召喚、エミリアへの傷害罪を問われたフラットは、自分こそ魔石を強奪しようとしたダルスに攻撃された被害者だと必死で主張した。録音されていた音声は「捏造された証拠だ」と言い張るも、録音用魔道具は学園長が貸し出したものと知らされて、フラットの顔色は蒼白になった。

捏造など出来ないと観念して、ようやく魔物の召喚及びエミリアへの暴行を認めた。

その後、フラットの事情聴取はスムーズに行われ、魔物召喚用の魔石の手配方法や今回の計画を立てた者達の名前が判明していく。

魔物召喚を計画した中心メンバーの生徒会役員の一年男子、魔術師団副師団長子息、貿易商子息の三人と、エミリアとA組女子生徒を襲撃する計画を実行した、フラットとC組男子三人の計六人。

彼等は事情聴取の後、学園長直々に二週間の謹慎処分を言い渡され、その日のうちに実家へ戻らされた。他の男子生徒達も事情聴取を受け、実戦演習襲撃事件と関わりの薄い者達も捏造されたA組女子の悪評を広めようとした行動について、指導を受けることになった。

魔物を召喚して生徒を傷付けようとしたことと、イブリア・ゼンペリオンをも害そうと計画されていたことも判明し、王太子アレックスと彼女の父親であるゼンペリオン公爵も激怒した。

特にゼンペリオン公爵の怒りは、処分を受けた生徒本人だけでなく彼等の両親にも向けられ、誠意がこもった謝罪を要求したため、関係した生徒全員は謹慎期間終了と共に自主退学を申し出たという。

「学園は実戦演習の話題で持ち切りだったよ。二年と三年は、学園の品位を落としたって処分を受けた連中に怒り心頭だったな」

学園から女子寮のエミリアの部屋へやって来たダルスは、A組生徒から渡されたお見舞いの手紙の束をテーブルの上に置く。本来、男子禁制の女子寮だが、今回は「療養中の姉を見舞う親族」という理由で、ダルスは短時間の滞在を許されている。

「大っぴらにされていないけど、彼奴等の暴走の原因となったのはシンシア嬢だ。シンシア嬢は、今回の計画に関係ないとされてお咎めなしだってさ。シンシア嬢を崇拝していた男子がやらかしたと知った女子達からは遠巻きにされている。取り巻きに囲まれて調子に乗っていたし、避けられるのも当然だろう」

「シンシアさんが……」

渋い顔になったエミリアは、休み時間中に数回見かけたことがある光景を思い出す。

見目が良い男子達に囲まれたシンシアは、男子に荷物を持ってもらってお姫様扱いをされていた。優越感に満ちた目で周囲の女子を見ていたシンシアに近付く女子は、お目当ての男子が取り巻きの中にいる平民出身の女子二人だけだった。

「A組の皆は元気そうだった?」

「ああ。演習の時に襲撃された、A組女子の怪我も軽症だったらしい。イブリア嬢とクレア嬢もエミリアのことを心配していたよ」

「私の他にも、攻撃されて怪我をした女子がいたんだ」

下を向いたエミリアは太股の上に置いた手を握り締める。

「ああ。だが、全員返り討ちにされたみたいだ」

「良かった」

手紙を裏返して宛名を確認したエミリアは、書かれていたイブリアの名前に胸が熱くなり、手紙を両手で胸に抱き、空になったティーカップへ紅茶を注ぐノアを見上げた。

「ねぇノアール、そろそろ学校に行きた」

「駄目です」

エミリアの言葉にかぶせるようにノアはきっぱりと言う。

「今週いっぱいは学園をお休みして心と体を休めてください」

「ダルス」

「駄目。メイドの言う通りまだ休んでいろ。エミリアは被害者なのだから」

縋る目を向けたダルスにまで言われてしまい、エミリアは諦めるしかなかった。

会話が途切れたタイミングで、ダルスはティーカップをソーサーに置いた。

「さてと、そろそろ俺も部屋へ戻るわ」

「うん。来てくれてありがとう。またクラスの様子を教えてね」

学園長と寮母に頼み込み、見舞いに来てくれたダルスの心遣いがうれしくて、満面の笑みでエミリアはお礼を伝える。

目を丸くしたダルスは緩みそうになる口元と頬に力を込め、テーブルに両手をついて立ち上がった。

「せ、先生と女子達に、手紙を渡すように頼まれていたしな」

目を逸らして言うダルスの頬と目元が赤く染まっていく。

「どうしたの？」

首を傾げるエミリアに背を向けたダルスは、気配無く真後ろに立っていたメイドの姿に驚き「うわっ」と叫び声を上げた。

「坊ちゃん、玄関までお見送りいたします」

ハンガーから制服のジャケットを外したノアは、にっこりととても綺麗に微笑んだ。

部屋の扉を閉めた瞬間、ノアは浮かべていた微笑みを消す。

「お坊ちゃん、いくらお嬢様のためとはいえ派手にやり過ぎてはいけませんよ。ジャケットに付着していた返り血は全て洗浄しました」

ダルスの眉がピクリと動く。

視線を落として確認すれば、ジャケットの袖に付いていた返り血は、綺麗に落ちていた。

「潰すにしても証拠を残さないように、裏に控える者達が後始末をしなくても良いように、慎重に行ってくださいね」

「挑発してきたのは相手からだ。ふざけた真似が出来ないよう、潰さなければ俺の気が済まなかった」

今から一時間ほど前、女子寮へ向かうダルスに喧嘩を売ってきたのは、同じクラスの特に親しくもない男子生徒だった。

『ダルス・グランデ！　お前の姉のせいでシンシアちゃんは肩身の狭い思いをしているんだ！』

実戦演習時は何もしなかったとはいえ、ファンクラブの一員でシンシアを崇拝しているらしい男子生徒は、血走った目で鼻息荒くダルスの行く手に立ちふさがった。

実戦演習後、女子達からシンシアが避けられている原因はエミリアだと、決めつけた男子は妄言と侮辱の言葉を撒き散らし女子寮へ侵入するのだと叫んでくれたため、声を発する前にダルスの体が動いていた。

木々の影と一体化している学園長の手の者が「加害者」として、鼻血を出して倒れた男子生徒を処理してくれると判断し、ダルスは女子寮へ向かった。

「次は気を付ける。エミリアが無茶なことをしないように頼んだ」

了解の意味を込めてノアは軽く頭を下げ、寮を後にするダルスを見送った。

「本当に詰めが甘い坊ちゃんだ。血痕だけでなく血の匂いをつけてきては、鈍いとはいえお嬢様とて気付くというのに。ふっ、俺ならばもっと上手くやる」

遠ざかるダルスの背中に向けた呟きは、吹き抜けていく風の音にかき消されていった。


寮の部屋から出ることも禁じられたエミリアは、学園帰りのダルスが担任から託された課題や自主勉強や読書をして療養期間を過ごし、ようやく波乱の週が明けた。

メイド姿のノアに付き添われて寮を出たエミリアは、門柱に凭れかかっている人物を見て驚きで目を丸くした。

「エミリア、行くぞ」

「ダルス？」

凭れていた門柱から離れ、エミリアへ近付くダルスの鼻は赤くなっており、少なくとも彼は十分以上門の前で待っていたことが分かった。

戸惑うエミリアの前へノアが進み出て、ダルスの視線から彼女の姿を隠す。

「お坊ちゃん、学園まで私がお嬢様を送ります」

あくまでも笑顔を崩さず言うノアへ、ダルスはフンッと鼻を鳴らして口角を上げた。

「メイドは校舎の中には入れないだろう？」

「フフ、申請をすれば教室まで付き添うことが出来ると、ご存じないのですか？」

睨み合う二人の間に見えない火花が散っている気がして、思わず後退ったエミリアは首を振って頷くと、ノアの横へ並んだ。

「久し振りの登校で緊張するし、ダルスもノアールも二人一緒に行ってくれると嬉しいよ」

笑顔でエミリアから言われ、睨み合っていた二人の目が点になった。

校舎までの並木道をダルスとノアに挟まれてエミリアは歩く。

（前の私は一人でこの道を歩いていた。でも、今の私は違う。破滅回避は出来たのかな）

エミリアを挟んで二人が睨み合っていても、守られているという安心感で笑顔になった。

校舎へ着き、ノアは付き添いの申請書に記入するため事務室へ行き、エミリアはダルスと共に教室棟へ向かった。

「おはようございます」

「エミリアさん！」

始業直前に教室へ入ったエミリアを、歓声を上げて駆け寄った友人達が囲む。

「もう怪我は大丈夫なの？」

「ご無事で良かったわ」

実戦演習でB組とC組男子の暴走に巻き込んでしまい、怪我を負わせてしまったクレアや女子達も心配してくれるし、久し振りに登校したエミリアをきちんと受け入れてくれる。

前の生が得られなかった友人を得られたという事実に、エミリアの両目に涙の膜が張っていく。

「……みんなありがとうございます」

震える声で感謝を伝えるエミリアに、涙ぐんだクレアが勢いよく抱き付いた。


演習で起きた暴行事件の被害者として、エミリアは同学年だけでなく他学年からも注目され、常に生徒の視線を集めていた。

教室外へ出る時は誰かが側に付き、特にC組の近くを通る時は左右前後をA組生徒が囲む。昼食休憩時は、アレックスとウォルターが生徒達の注目を集め、エミリアの存在感を薄めてくれた。

友人達による鉄壁のガードに守られ、特に荒事も無く時間は過ぎていき……放課後となった。

久し振りの登校、しかも気遣われて過ごした一日は思った以上に疲れた。

寮へ戻りたいが、担任のトルース先生から実戦演習で起きたことの事実確認をしたいと言われており、まだ帰れなかった。

心配するクレアとイブリアに付き添われたエミリアは個別指導室へ向かい、緊張の面持ちでノックをして入室許可を得てから扉を開いた。

「なるべく手短に終わらせる。そこの椅子に座ってくれ」

机を挟んで椅子が置かれたシンプルな個別指導室で待っていたのは、担任のトルース先生と生徒指導担当のジョージ先生だった。

二人の先生と向かい合う形でエミリアは椅子に座る。

エミリアが椅子に座ってからジョージ先生が口を開いた。

「さっそくだが実戦演習の日、君はフラット・バケルに探索魔法を使うように促され使用した後、魔物に急襲され地下空間へ落ちた。で合っているか？」

「はい。探索魔法を使ってすぐに触手を生やした魔物、巨大なスライムに襲われました。地下空間へ落ちた後、スライムの本体を確認して応戦しました」

「そこへダルス・グランデが助けに来た、ということだな」

トルース先生から問われ、エミリアは「はい」と頷く。

「ダルスが来てくれなければ、スライムに捕食されていました」

体表から数十本の緑色の蔦を生やし、半透明の体の中央にピンク色と青い色の臓器を脈打たせるスライムの姿を思い出し、エミリアは身震いする。

ノートにメモを取っていたジョージ先生は、ノートにペンを挟んで膝の上へ置き顔を上げた。

「フラット・バケルは魔物を召喚し、故意にエミリア嬢に魔法を使用したと自白した。フラット・バケルに恨まれるような覚えはあるか？」

「いいえ。実戦演習で初めてフラット君のことを知りましたし……しいて言うなら、C組のシンシアさんと食堂で揉めて以来、一部の男子によく思われていない、ことくらいですかね。フラット君はシンシアさんと親しかったと、後でダルスから聞きました」

「不穏な動きに気付けず、君を守り切れず、すまなかった」

渋面になったジョージ先生は握った拳を震わせ、腕を組んでやり取りを聞いていたトルース先生は大きく頷く。

「エミリア嬢、君はフラット・バケルと面識は無かった、でいいね」

「はい」

「怖かったことを思い出させてしまい、すまなかった。君やA組女子を襲うという愚行を行った者達や、手を出さなくても傍観していた者達には処罰が下された。もう二度とこんなことは起こさせない。ねじ曲がった精神を叩き直してやるつもりだ」

鼻息を荒くするジョージ先生の額に血管が浮き上がり、力が入る上半身から湯気が立ち上っていく。

真正面に座るジョージ先生の形相と、放たれる熱気を受けたエミリアはつい身を引いてしまった。

「放たれた光魔法によって、我々は君たちの居場所を知り駆け付けられた。あの魔法はエミリア嬢の放ったものなのか？　ダルス君はエミリア嬢の身に着けていた魔石ではないか、と言っていたがそれは本当かい？」

身に着けていた魔石と言われ、スライムの触手に襲われた時に発光したペンダントを思い出す。ペンダントに付いていた魔石が無ければ、スライムに取り込まれていただろう。ただし、エミリアは高位魔法を放っておらず、放ったのは助けに来てくれたノアだ。

「混乱していたし気を失ってしまったため、よく覚えていません。ただ、ネックレスの魔石がスライムの触手から私を解放してくれました」

「あの魔法はエミリア嬢の魔力とは違う。あれは光属性魔法……ううーむ」

魔法を放ったのはエミリアではないと、トルース先生は見抜いているようだ。

エミリアの魔法属性は水。放たれた魔法は全く別の属性、光属性。光属性を使える者は少なく、その高位魔法を放てる者はとても貴重な存在だといえる。

（ノア、貴方は一体何者？　S級冒険者だから？　本当に凄いのね）

学園ではノアのことは口に出来ない。どう誤魔化そうかと迷い、エミリアは眉尻を下げる。

「空間を歪めるほどの魔法が込められていた魔石か。うーん、魔力の痕跡を調べようにも分からなくてね。エミリア嬢が放ったのなら、君の潜在魔力は素晴らしいと思ったのだよ。魔石が砕け散ってしまったのは惜しいな。その魔石の入手経路を教えて欲しい。ああ、君がよければ私の研究に」

「ゴホン！」

立ち上がり机に両手を置き、身を乗り出したトルース先生の言葉を遮るよう、ジョージ先生が咳払いをした。

我に返ったトルース先生は動きを止め苦笑いする。

「あ、すまない。進路を考える時期になったらまた話そう」

「トルース先生は魔法に関することになると、興奮して止まらなくなるんだ。面白いだろう」

「あっはっは、ジョージ先生こそ、闘気が溢れ出ていましたよ」

笑い出したトルース先生と、湯気を出して汗だくになっているジョージ先生を交互に見て、エミリアは引きつる口元を動かして愛想笑いを返した。

話を終えて個別指導室を出たエミリアは、俯いて手の甲で額の汗を拭う。

尋問されたわけでも指導されたわけでもないのに、二人の先生から発せられる圧が強すぎて物凄く疲れた。

(先生たちは近付かせないって言っていたけど、イーサン様とシンシアさんはどうなるの？)

イーサンの振る舞いは多くの生徒と教師に目撃されており、いくらケンジット侯爵でも全てを揉み消すことは出来ない。このままいけば婚約破棄を言い渡される前に、イーサンの有責で婚約解消を申し出ても許されそうだ。前の時と比べても、しかし、異常なほどエミリアを敵視しているシンシアとイーサンが、このまま終わってくれるだろうか。

敵意を向けてくるイーサンとシンシアの心配は全くしていないが、事あるごとに突っかかって来た二人の動きが見えないのも不安になる。

俯いて思考に耽っていたエミリアの上に影がかかった。

「お嬢様、お迎えに上がりました」

「ノアール」

音も無く現れたノアに声をかけられエミリアは顔を上げた。

突然声をかけると驚くから止めてほしい、といつもだったら文句を言うところだが、今日は来てくれて嬉しい。

手を伸ばしたノアは、エミリアが肩に掛けているバッグを受け取る。

「お疲れでしょう。部屋へ戻られましたら、ゆっくり休んでくださいね」

「うん。迎えに来てくれてありがとう」

にっこりと笑ったエミリアは、ノアと並んで廊下を歩き階段へ向かった。

廊下を歩きふと窓を見たエミリアは、中庭を挟んだ向かいにあるC組の教室前に立つ女子生徒の姿に気付き、目を開いた。

(あれは、シンシアさん?)

エミリアの視線に気付いたシンシアは眉間に皺を寄せて一睨みし、ピンク色の髪を翻してC組の教室へと戻って行った。

C組の教室から向けられた視線から隠すため、ノアはエミリアの一歩前へ出て冷笑を浮かべる。

「あの娘、本当に目障りですね。今すぐ消しましょうか」

「え?」

不穏なノアの発言に呼応するように、廊下の窓が音を立てて振動する。

「事故を装い消すことも、駆け落ちに見せかけて消すことも出来ます。お嬢様はどちらがいいです

か？」

「け、消しちゃ駄目っ」

笑顔なのに冷たい目をしているノアは、冗談ではなく本気で消すつもりで言っているのだと理解し、エミリアは勢いよく首を横に振った。

＊＊＊

エミリアの隣に立っていたメイドがシンシアを見た瞬間、体が勝手に動き教室へ逃げてしまった。

メイドを睨み返してやりたかったのに、視線に乗せて送って来た圧を感じ取った体は、シンシアの意思を無視して震え出す。

「シンシアちゃん、大丈夫？」

一緒に帰る約束をしていた男子は、項垂れるシンシアの顔を覗き込み彼女の肩に触れた。

「私に触らないでよ！」

「ご、ごめん」

怒鳴られ体を大きく揺らした男子は、飛び上がって後ろへ下がった。

学園での立ち振る舞いを指導されたことや、実戦演習で問題を起こした男子生徒達とシンシアが、クラスメイト以上の関わりを持っていたという事実。

追い打ちをかけるように、度重なる品性不良行為によりアレックス王子の側近候補から外されたことで、怒り狂ったケンジット侯爵がイーサンを連れて行ってしまったのは五日前。

噂では、ケンジット侯爵が団長を務める騎士団へ連れて行かれ、性根を叩き直すという名目で訓練に参加させられているという。

恋人関係だったイーサンとは強制的に距離を置かざるを得ない状態になり、好機と思った男子生徒達が近寄って来る鬱陶しさも相まってシンシアは常に苛立っていた。

「あと少しだったのに、台無しにしてくれたわね。エミリア・グランデ……許さないわ」

実戦演習で暴走してくれた男子達のせいで、シンシアには教師達と生徒会の監視が付いている。

イーサンに会いに行こうにも邪魔をされ、取り巻きだった貴族令息に声をかけようとしても、邪魔な女子達や風紀委員が妨害をしてくるのだ。

入学してから愛想良くして媚び、煽てて頑張って作った貴族令息や将来有望な男子との繋がりも、邪魔者達によって切られてしまった。

眉を吊り上げて鬼女の形相となったシンシアを見て、少し離れて彼女の様子を窺っていた男子は「ひっ」

悲鳴を上げて教室から逃げていく。

教卓に右肘をついてシンシアは親指の爪を噛み、左手の人差し指で机上を何度もつつく。

「周りにちやほやされて、調子に乗っていられるのも今だけよ。そうよ。エミリア・グランデの繋がりもぶち壊してやればいいんだわ」

狂気の光が混じった両目を三日月の形に細め、顔を歪ませたシンシアは心底愉しそうに笑った。

＊＊＊

エミリアが学園へ復帰してから三日経った。

所属する男子生徒が減ったC組は、男子の半数に姫扱いされていたシンシアの取り巻き達が退学、停学処分となり以前の騒がしさが嘘だったかのように、落ち着いたクラスとなっていた。

（なんで俺が返しに行くことになるんだよ。面倒だな）

日直だからという理由で、授業担任から授業で使った辞典の返却を頼まれたダルスは、辞典入りの籠を両手で抱え中庭を通り抜けて図書館へ向かって歩いていた。

面倒な用事を終わらせ、一年A組の教室へ行きエミリアを寮まで送って行かなければならない。

『思惑通りにいかないと焦り、そろそろ動き出すはずだ。お前は全力でお嬢様を守れ。それから、もう一つ確認しろ』

実戦演習の日、突然現れたノアに約束させられたのはエミリアを守ることともう一つ、ダルスにとって非常に面倒なことだった。

指図されるのは気に入らないとはいえ、現状はもっと気に入らない。自分を鍛え上げた師匠ともいえる鬼畜な執事に言われるまでもなく、そろそろ問題を片づけて波風の無い平穏な学園生活を送りたいと思っていた。

（チッ、誰だ。さっきから鬱陶しい）

自分を追いかけて来る軽い足音が鬱陶しくて、追い払おうと足を止めて振り向き……追いかけて来たのが誰なのか分かると、ダルスは小さく舌打ちした。

「俺に何の用だ？」

「えへへ、ダルス君と話をしたかったから、追いかけて来ちゃった」

ペロリと舌を出して答え、シンシアはダルスの側へ駆け寄った。

距離が近くなったシンシアのピンク色の髪から、林檎を煮詰めたような甘ったるい香りが鼻をつく。

籠を両手で抱えているせいで押し止めることは出来ず、甘ったるい香りを振り払おうとダルスは首を振り一歩後退した。

離れようとするダルスを追いかけ、更に近寄ったシンシアは彼のジャケットの裾を掴んだ。

職員会議があるため早く帰るようにと、担任教師が生徒達に言っていたこともあり、周囲を見渡しても生徒と教師の姿はない。

力づくでシンシアの手を振り払うと、校舎の影に記録用魔道具を持ったC組男子が潜んでいるのに気付き、ダルスは彼女達の思惑を理解した。

「放せ」

「くすっ、相変わらず女子に冷たいのね。お姉さんの荷物は持ってあげて、実戦演習の後は背負ってあげていたのになぁ」

「お前はエミリアとは違うだろ」

吐き捨てるように言い放ち険しい目付きになるダルスを見上げて、シンシアは口元に握った手をあてて嬉しそうに笑った。

「どんなに大事に想っても、お姉さんとは結ばれないのに健気ね。一途で強いし、素っ気ないのに優しいのもいい。やっぱりイーサン様よりダルス君の方が素敵だわ」

「は？」

「ねぇ、私の目を見て」

大きく開いたシンシアの瞳の色が赤く染まり、傾いた陽光とは違う妖しい光で輝きだす。

光に吸い寄せられて、シンシアと視線を合わせたダルスの動きが止まった。

数秒間瞳を見詰め、我に返ったダルスは突然襲いかかった胸の痛みで息を詰まらせ、両手で抱えていた籠を落とす。

「ぐっ」

胸の痛みで呻いたダルスは、派手な音をたてて地面に散らばる辞典を気にすることも出来ず、激しい動悸と胸の痛みによる息苦しさで胸を押さえた。

「何だ、これは」

強まる息苦しさと急に重たくなる体の異変を感じ取り、目を凝らせば全身に魔力で作られた鎖が絡み付いているのが見えた。

「お前、俺に、何をした」

ダルスの体に巻き付く実体のない鎖は、魔力によって作られた束縛だった。

「ウフフ、コレに気付くとは流石ね。私と視線を完全に合わせたでしょう。ダルス君、捕まーえた」

語尾にハートを付けて無邪気に笑ったシンシアは白い腕を伸ばし、胸を押さえて苦しむダルスの腕へ触れて絡ませた。

赤く輝く瞳から視線を逸らさなければと頭では分かっているのに、動きを固定されてしまったかのように体が動かない。

「や、めろ」

赤い瞳に囚われそうになる自我を保とうと、ダルスは奥歯を噛み締めた。

「凄い抵抗力ね。ほとんどの男はすぐに捕まってくれたのに。私の瞳にはね、魅了の力があるの。これは神様から特別に与えられた力で、捕まえた相手の心を縛り付けることが出来るの」

「魅了、だと？　学園での魔法使用は、禁じられているはずだ」

クスクス、声を出して笑うシンシアは絡ませていた腕から手を離し、苦し気に上下するダルスの胸元を指先で撫でる。

「フフフ、瞳に込められた力は魔法とは違うわ。エミリアさんはお姉さんだし手が届かなくても、私だったらダルス君のモノになれる。ねぇ、私のことが好きになってきたでしょう？」

上目遣いで見るシンシアの瞳が妖しく輝き、ダルスを縛る魔力の鎖の拘束力が強くなっていった。

「くっ触るな。俺が、お前を好きに、なるだと？　黙れ、お前は俺が一番嫌いな女だ」

「今は嫌いでもすぐに私に愛されたくて、何でもしてくれるようになるわ。他の皆みたいに」

額から汗を流して抗うダルスの首に腕を絡ませ、シンシアは彼に凭れ掛かるように抱き付く。

強く噛んで血が滲むダルスの下唇を労わるように、シンシアは人差し指を押し当てて優しく撫でた。

「抵抗するのは苦しいでしょう？　もう、抵抗しないで。私を受け入れて？」

息を荒らげるダルスの唇へ口付けようと、背伸びをしたシンシアはゆっくり顔を近付けた。

逃れようにも首に回されたシンシアの腕は、彼女が体重をかけているため簡単には外れてくれない。

赤く色付いた唇が近付き、シンシアが吐いた甘ったるい吐息を吸い込んでしまい、軽く咽たダルスの視界は霞み眩暈がしてきた。

『ダルスッ！』

『フッ、お前は此処で終わるのか？』

薄れていく思考を繋ぎとめるように、自分の名を呼ぶエミリアの声と大嫌いな男の声がダルスの脳裏に響く。

「はなれ、ろぉ！」

意識を失いかけていたダルスは、拳を握り締めて力いっぱいシンシアの肩を強く押す。

密着していた二人の間に隙間が生じ、シンシアが体勢を崩しよろめいた瞬間を見逃さず、素早く動いたダルスの手が彼女の体を容赦なく地面へ投げ飛ばした。

「きゃあぁっ！」

魅了の魔力によってダルスを手に入れたと確信して、油断していたシンシアは受け身も取れずに体を強かに地面に打ち付け、痛みと衝撃で甲高い悲鳴を上げる。

「う、うぅ」

体を打ち付けた痛みですぐには動けずに、涙を浮かべたシンシアは小さく呻いた。

「なんで……何でよっ！　完全に魔力は発動していたはずよぉ！」

地面に手をついて起き上がろうにも痛みで起き上がれず、顔を上げたシンシアは甲高い声で叫ぶ。

「シンシアちゃん！　大丈ぅうがっ」

校舎の影から飛び出てこようとした男子生徒の背後へ、気配を消していた腕に腕章を付けた女子風紀委員が回り込み、首の後ろに手刀を叩き込んだ。

「大丈夫ですか？　すぐに出て行かないでごめんなさい。君のおかげで貴重な証拠を確保出来たわ」

気を失った男子生徒を校舎の壁に寄りかからせ、ひらひら手を振った風紀委員は爽やかに笑う。

「バッチリ録画しましたよ！」

植え込みに隠れていた、片手に記録用魔道具を持った生徒会役員の女子生徒も姿を現す。

魅了の力にダルスが屈したら、物陰に隠れていた風紀委員と生徒会役員の生徒が動き、シンシアを捕らえるつもりだったのだ。

「アンタ達、あの副会長の指示で俺を見張っていたんだろう。それか、証拠を集めろって生徒会長の指示が出ているのか」

自分を囮にしたアレックス達への嫌悪感を露にした表情を浮かべ、乱れた髪を掻き上げたダルスはジャケットのポケットに手を突っ込み、中から魔石がはめ込まれたタリスマンを取り出した。

「必要になるだろう」と、押し付けるように手渡してきた男の顔を思い出し、あの男はシンシアが魅了の力を持っていると見抜いていたのかとダルスの背中が寒くなった。

「彼奴がくれた物がこんな時に役に立つとはな。状態異常を無効化するっていっても、効果が出るのが遅いんだよ」

握る力を強めれば、タリスマンの表面に入った数本のヒビが深くなる。

タリスマンに刻まれたヒビは、シンシアがダルスにかけた魅了の力の強さを表しており、コレが無ければ完全に囚われていたとダルスは冷や汗が出る思いだった。

「くっ、生徒会と風紀委員と結託するなんて、ダルス君、ヒドイ！　卑怯だわ」

両腕を地面についてやっと上半身を起こしたシンシアの瞳は、魅了の魔力の輝きを失い元の状態へと戻っていた。

「は、卑怯？　お前がそれを言うか？　俺を魅了してどうするつもりだったんだ。まさか、俺にエミリアを攻撃させようとしたのか？」

爆発しそうになる怒りは、掻き集めた理性でどうにか抑えて極力冷静に問うダルスには答えず、シンシアは彼を睨んで悔しそうに唇を噛む。

「だんまりか。まあいい。妙だと思っていたんだよな。いくら見てくれが良くても、それなりの魔力と常識を持っている奴が頭のおかしい女に付き従うだなんてさ。男を侍らすために魅了の力を使っていたとはな。先生達にもバレないなんて、お前一人でやっているんじゃないだろう」

口を開かないシンシアを見下ろし、ダルスはフンッと鼻を鳴らした。

「さてと、言い訳はあるか？　お前は常に見張られていたんだよ。囮にされるのはムカつくけど、お前が近付いてきたと気付いて近くにいた風紀委員へ合図を出しておいた。自白したんだから、言い逃れをしようとも無駄だ。お前は学園規則を破った罪で処分を受けるだろうな」

体を震わすシンシアの側へ、風紀委員と生徒会役員が近付いていく。

「は、処罰を受ける、ですって？　そんなの絶対に嫌よ！　私は好きな人と結ばれて幸せになるの！　幸せになるために予言書の通りにしなきゃ、皆も決められた役を演じてくれなきゃいけないのよ！」

絶叫したシンシアは、勢いよく立ち上がり側にいた女子に体当たりした。

体当たりされ女子は尻もちをつき、かけていた眼鏡が地面に転がる。

「逃がすかよ！　なっ」

走って逃げるシンシアを追いかけようとしたダルスは、第三者の魔力と空気の揺れを感じ取り反射的に後ろへ跳び退いた。

今までダルスがいた場所の空間が歪み、空中に黒点が出現し周囲の空気を巻き込んで渦を巻き出す。

「ちっ！」

渦の中心から闇が溢れ出し、次いで鱗の生えた丸太大の手が現れる。

鋭い爪が生えた手は渦の端を掴むと、ズルリと魚と人が合わさった異形の頭部が顔を出した。

「きゃああ！」

「魔物！　何故此処に!?」

中庭に突如出現したモノを目にして生徒会役員は悲鳴を上げ、風紀委員は魔物と対峙するダルスの側へ駆け寄った。

「魔物が出て来たということは、あの女は真っ黒だってことだろう」

冷静に言い、ダルスはシンシアが走って行った方を睨む。彼女が向かったのは校舎とは別の方向、鍛錬場がある森だった。

魚と人が合わさった頭部、体中鱗に覆われ頭頂部と肘と背中にヒレを生やした魔物が渦の中から中庭に降り立ち、ダルスは臨戦態勢をとる。

「ガアアアー！」

目前に立つダルスを敵と認定した魔物の咆哮に、中庭の空気がビリビリと振動する。

「おい、風紀委員。これは緊急事態だよな」

「ええ。我々の命に係わることですから、応戦しても先生方からのお咎めは無いでしょう」

「じゃあ遠慮なく、やらせてもらうか」

腰に巻いているホルダーから警棒を取り出して横に並んだ風紀委員の答えを聞き、口角を上げたダルスは両手のひらに雷の魔力を集中させた。

魔物が高く振り上げた両腕を勢いよく下ろし、発生した衝撃波が地面を抉ってダルスへ襲いかかる。

「はっ遅い！　サンダーボルト！」

衝撃波をかわしたダルスは両手を前に突き出す。

魔物が発する咆哮を掻き消すように、雷魔法の閃光と轟音が中庭に鳴り響いた。


結界が張り巡らされているはずの学園内へ魔物が出現したという緊急事態は、異変を察知して中庭へ駆け付けた警備員により、すぐに会議室へと伝えられた。

「君達！　何があった!?」

異変に気付いて警備員が中庭に駆け付けた時には、すでにダルスと風紀委員によって魔物は倒された後だった。

「はぁー来るの遅い……」

警備員がやって来て、緊張から解放された生徒会女子生徒はその場に座り込む。

倒した魔物は息絶えると同時に炎に包まれて、あっという間に灰と化したため残ったのは地面に出来た大きな焦げ跡のみだった。

その後、魔物が消滅したのを目撃した警備員から事の顚末(てんまつ)を聞き、会議を中断した教師達によって魔物と応戦したダルスと二人の女子は、別々の部屋へ連れて行かれた。

録画された映像を確認して、教師達は渋面になり指導室は重苦しい空気に満ちていく。

事情聴取を終えた女子二人は、女性教師に連れられて指導室から退室して行き、ダルスだけが学園長室へ移動する。

「寮へは戻るのは遅くなると伝えておいた。そこに座ってくれ」

学園長の向かいの席に座るよう促され、ダルスは軽く頭を下げて椅子に座った。学園長室で学園長を前にして座るとなれば、さすがに緊張で体が強張っていく。

学園長、教頭、生徒指導担当ジョージ先生の視線の先に座るダルスは、教師達から発せられる圧力に屈しないために膝の上に置いた手を握り締めた。

「先ほどの話を、もう少し詳しく教えてくれるかい？　魅了の魔力についてだ。君はシンシア・ミシェルの瞳を見た途端、体の自由を奪われる感覚がしたのだね」

教師達の中央に座る学園長に問われ、ダルスは「はい」と頷いた。

「シンシア・ミシェルの瞳が赤色に変わり、輝いたと思ったら俺の体に魔力で作られた鎖が巻き付いて来ました。あの女は、これは神様から与えられた魅了の力だ、と言っていました」

「魅了の力か。精神干渉魔法とは違い、魔力そのもので相手を強制的に従わせるとは厄介だな。体内に帯びた魔力では、学園内を監視していても拾いきれないからね。男子生徒の方はどうだ？」

学園長は深い息を吐き、隣に座る教頭に話を振る。

「協力していた男子生徒は、魅了の力によって従わせられていたのでしょう。先ほど目を覚ましましたが、少々記憶が混乱しているためブレイン先生に処置は任せました」

額に汗を浮かべた教頭は言い終わると、ずれた眼鏡のフレームの端を指で摘まんで元の位置に直す。

「ダルス君が感じたことを教えて欲しい。中庭に出現した魔物についてだが、シンシア・ミシェルに魔物を召喚する素振りはあったかい？」

「あの魔物は、追跡の邪魔をするために出て来ました。シンシア・ミシェルが召喚した素振りは無く、他者の魔力を感じました。魔物を召喚したのは別の、魔法に長けた者だと思います」

「確かにそうだねぇ」

ダルスの答えに頷いた学園長は、ハンカチで汗を拭う教頭の方を向く。

「召喚者の魔力の解析は出来そうかね」

「は、はい。やってみます」

「それから、預言書……あの女は預言書の通りにならなければ、と言っていました。預言書とやらに書かれている通りの行動をしているだけかもしれません」

中庭で取り乱したシンシアの瞳にダルスは映っておらず、正気を失った彼女は何もない空間を見詰め、まるで其処に誰かが居るように見ていた。

森へ向かって走っていったのは、おそらく彼女の信ずる者が「逃げろ」と指示を出していたとしたからだ。逃がしてしまった悔しさで、ダルスは眉間に皺(しわ)を寄せた。

「預言書は魔法がかかった本か、もしくは本を通してシンシア・ミシェルを動かしている者がいるのだろう。教頭先生、彼女は魅了の力を持っていたのか？」

学園長からの問いに、教頭はテーブルの上に置いたシンシアの個人情報ファイルを開いた。

「いいえ。先天性の魅了の力を持つ者はこの国にはいません。過去にはいたようですけど、ここ百年は現れていません。聖女様でも、微弱な魅了の力しかお持ちにならなかったらしいですし。我が国では秘密裏に出産した子ども以外、出生届を出した後に乳児検診判定を受け、特異な魔力をもった子どもは、神殿が成長を見守ります。シンシア・ミシェルはその対象では無く、魅了の力は持ち得ていない。後天的に得たものでしょう」

「なるほど」

目蓋を閉じた学園長は、暫時思案してから閉じていた目蓋を開いた。

「シンシア・ミシェルに魅了の力を与えた者がいる。目的が分からない以上、慎重に動かなければなるまい。警備隊による捜索と、国王陛下にも助力を頼もう。ダルス君とお姉さんのエミリア嬢には私直属の護衛をつける。ジョージ先生、いいですね」

「はい。私も空き時間と休み時間、一年生の階についていています」

腕組みをして無言でやり取りを聞いていたジョージ先生は、顔中に血管を浮かび上がらせて椅子から立ち上がった。

「学園長、ジョージ先生、護衛はエミリアに気付かれないようにしてください」

条件を付けられるとは思っていなかったジョージ先生は、目を丸くしてダルスを見る。

「どうしてだい？　護衛だと分かった方が相手にとって抑制になるだろう」

「エミリアにこれ以上、嫌な思いをさせたくない」

真剣な顔で言うダルスの言葉を聞いた学園長は頷いた。

「お姉さんへの想いは分かった。出来るだけ分からないように動こう」

「安心しろ！　不審な者は誰も君達に近寄らせないからな！」

「はぁ」

全身の筋肉に力を入れたジョージ先生から立ち上る闘気に、ダルスは顔を引きつらせた。

＊＊＊

夕陽に染まる寮の部屋で、ティーカップにハーブティーを注いでいた手を止め、視線だけ窓へと動かしたノアはティーポットをテーブルへ置いた。

「……ん、何だろう？　今、校舎の方で光らなかった？」

幼い頃に躾けられた通り、口に入れていたケーキをしっかり飲み込んでから問うエミリアへ視線を戻し、ノアは微笑む。

「いえ、ただ夕陽が窓硝子に反射していただけでしょう」

目蓋を閉じたノアは体を動かして窓の方を向いた。

「虫が入って来ましたね」

換気のためにと、少しだけ開けてあった窓の隙間から一匹の羽虫が室内へ入り込み、エミリアの周りを飛び回る。

「きゃっ」

驚くエミリアの後方に立っていたメリッサは、手を伸ばして飛び回る羽虫を捕まえて握り潰した。

「もう大丈夫ですよ」

「う、うん」

チリ紙で手を拭き取るメリッサは、常に笑みを絶やさない優しいメイドだったはず。

たった今、笑顔の裏にある彼女の怖さを垣間見た気がして、エミリアは顔を引きつらせた。

「鬱陶しいモノは駆除しなければなりませんね。そろそろ……目障りだ」

メリッサに目配せし、羽虫を拭き取ったチリ紙を受け取ったノアは口角を上げ、エミリアに気付かれないようチリ紙をワンピースのポケットへ仕舞った。

「ノアール?」

エミリアの側へ戻ったノアは、顔を動かして見上げて来る彼女の顔を覗き込み、目を細めた。

桃色の唇に人差し指をそっと当てて、唇の端までなぞりついていたクリームを指先で取る。

「口の端に付いていましたよ」

「あ、ありがとう」

クリームを取ってくれただけなのに、エミリアの心臓は大きく跳ねる。

早鐘を打つ心臓の鼓動と動揺を知られないよう、赤く染まる頬を隠すために顔を背けたエミリアは胸を押さえて浅い呼吸を繰り返した。

「何が起きても、お嬢様の望む通りの学園生活が送れるよう、私が貴女を守ります」

顔を背けるエミリアの髪を一束掬い取り、ノアはそっと口付けを落とした。

手の中で夕陽を反射して輝きを増す、絹糸のように滑らかで光沢のある髪。

「今度こそ……阻止する」

自分以外は聞き取れないほど小さな声で、ノアは自身に言い聞かせるように呟いた。

四章　全ての元凶と回帰した理由

エミリアが学園に復帰して五日目。

顔を合わせる度に睨んできたシンシアの姿を見かけることもなく、エミリアの周囲は静かだった。

平和なはずなのに、何故か学園内の雰囲気が変わり空気も張り詰めている気がして、エミリアは落ち着かない気分でいた。

(気のせい？　色々あったから私が過敏になっているだけ？)

気のせいだと思いたいのに思えない。

前のエミリアも、これと似た胸騒ぎを感じ取った二日後に、イーサンから婚約破棄をされて学園を退学させられたのだから。

(また、何かあるのかしら。でも、この五日間はシンシアさんに絡まれることも無いし、イーサン様は学園にはいないし、これといって危険な出来事も起きてないわ)

以前とは違い、エミリアには味方になってくれる友人がいる。それなのに、得体の知れない不安は消えてくれない。

今後ある大きな行事は学園祭とその後の夜会。

(もしかしたら、前と同じように婚約破棄宣言をされるかもしれないわ)

前の記憶を思い出してしまい、教師の言葉はほとんど耳に入ってこなかった。

不安を抱いたまま、授業は終了して生徒達は次々に席を立っていく。

教科書を鞄に仕舞ったエミリアは、イブリアとクレアと一緒に食堂へ向かった。

食堂の二階にある予約席に座るエミリアの隣に、少し遅れてやって来たダルスが座り、イブリアの隣にはアレックスが「護衛」だと座る。

「シンシアさんが行方不明？」

思い出したと、ダルスが話した内容に驚いたエミリアのフォークを持つ手が止まる。

「ああ。昨日から欠席している。連絡も無いから、担任が寮へ連絡して部屋を調べてもらったがいなかったらしい。今日も無断欠席しているから担任が事情を知らないかって、クラス全員に聞いていた」

「シンシアさんを慕う男子に聞けば、誰かが居場所を知っているのではないの？　学園外にもお友達はいるでしょうし、遊び歩いているとかではありませんか」

積み重なった出来事で、シンシアの名前を聞くだけで沸き上がる不快感から、眉を顰めたクレアの言葉には棘があった。

「……ダルス、シンシアさんと何かあった？」

問い掛けに瞳を揺らしたダルスの表情から、絶対に何かやらかしたのだと確信したエミリアは、キッと彼を睨んだ。

「一昨日の放課後、抱き付かれたけど気持ち悪くて投げ飛ばした」

「「え？」」

抱き付かれるまでの経緯を色々省いた返答に、その場に居た全員が停止した。

「嫌いな女に抱き付かれたら気持ち悪いだろう」

固まるエミリアに対して、ムッとして閉口したダルスは横を向く。

「き、気持ち悪いって……どうしてダルスに、もうイーサン様のことはいいのかな」

意中のイーサンが騎士団へ放り込まれて、有力な取り巻き達が退学処分を受けてしまったとはいえ、好意の欠片も抱いてないダルスに言い寄ったのは、どんな意図があったのか。

「敵意を抱いている」と、言っても過言ではないエミリアの弟に近付こうとする思考が全く理解出来ず、痛み出したこめかみにエミリアは人差し指を当てる。

（投げ飛ばしたのはどうかと思うけど、今のダルスは前とは全く違う。鍛えているから体格もいいし、粗暴な雰囲気があって目付きは悪いけど顔は整っているから一部の女子に人気あるみたいだし）

視線に気付いたダルスは、エミリアの方を見て直ぐに気まずそうな顔をして目を逸らす。

「ごほんっ」

ウォルターの咳払いの音で、停止していた一同は動き出した。

「ダルス様に拒否されたのが一昨日でしたら、イーサン様に会いに行ったのかしら？」

「イブ、それはないよ」

首を横に振ったアレックスはイブリアの肩に触れる。

「イーサンがいる騎士団は捜索済みだ。いくらイーサンと恋人関係でも、騎士団の寮、王宮にはそう簡単に入り込めない。城壁に近付いただけで警備兵に止められているだろうね」

「では、他の方の所ではないでしょうか。シンシアさんと仲良くされていて、実戦演習後に退学処分となった方もいますし、学園外にも親しくしている男性がいると噂で聞きました」

人差し指を立てて言うクレアの言葉を聞き、イブリアの片眉が器用に上がる。

「まぁ、本当に社交的な方ですね。深く関わる前に分かってよかったですねぇ。アレックス様」

唇は笑みを作っていても目は全く笑っていないイブリアに話を振られ、一気に顔色を悪くしたアレックスはビクリと肩を揺らした。

「イ、イブ、誤解、いや後で話そう。お、王都から出た可能性も考え、追跡魔法を使い魔術師団も捜索している。それと最近、一年生が落ち着かない。警備を強化しているが、気を付けてくれ」

「ここ数日間、生徒同士の揉め事が数件起きました。器物破損も報告されています。くれぐれも一人にならないようにしてください。移動は慎重に」

ガチャーン！

注意喚起をするウォルターの言葉が終わらないうちに、一階で食器が床に散らばる音が響き渡る。

「どこ見てやがる！」

「きゃあ！」

男子の怒鳴り声と女子の悲鳴が続き、椅子から立ち上がったウォルターは階下を見下ろした。

「食堂で一年男子が揉めていますね。風紀委員と警備員が対応していますから、ご安心ください。

じきに先生も来てくださるでしょう」

「学園長に警備員を増やしてもらえてよかったな」

首を動かしてエミリアは間仕切りの隙間から一階の食堂を見下ろす。

一階の食堂では、三人の男子と半泣きになっている女子の間に二人の警備員が入り、事情を聞いているのが見えた。

「最近、一年生男子による揉め事が多いですね。しかもあの男子、C組じゃないの」

椅子から腰を浮かして男子の顔を確認したクレアは眉を吊り上げた。

「休み時間は警備員と共に、生徒会役員と風紀委員が校内を見回っています。困ったことがあったら遠慮なく声をかけてください」

「ハッ、エミリアは俺が守る」

「おや、君一人で守り切れると言うのですか？　学園の平和のために生徒会も動きますよ」

対抗心をむき出しにした、ダルスとウォルターが火花を散らし出す。

「男子達が絡んでいたのは、ジェイリス伯爵令嬢？　これは、先生達のお説教だけで済むかしら」

一人だけ食事を続けるクレアは、駆け付けた教師によって連行される男子達を見送った。

昼食休憩が終わっても、揉め事を起こした男子達は午後の授業時間になっても教室へ戻って来ず、一年B組とC組前の廊下には竹刀を持ったジョージ先生が鎮座し、一年生の授業を見守っていた。

廊下からの圧力によって、教室内は試験以上の緊張感で空気が張り詰める。

全く内容が頭に入って来なかった午後の授業が終わり、帰りの支度をした生徒達は一目散に教室を後にしていく。

いつもなら教室に残ってお喋りをしている女子達も、大きく開いた血走った目で早く帰るよう圧をかけるジョージ先生の迫力に屈し、早々に教室から出て行った。

「二人ともすまない。この箱を講堂まで運んでくれないか」

「はい」

当番日誌を出しに行った職員室で、トルース先生から声をかけられたエミリアとクレアは明日の授業で使うという教材が入った箱を、交代しながら講堂へと運んでいた。

「お嬢様方、私が持ちますよ」

教室棟から講堂へ向かう渡り廊下で声をかけてきた警備員は、返事を聞く前にクレアが両手で抱えていた箱に手をかける。

「お仕事中にすみません」

「いえ。私達の任務はお嬢様方の安全を守ることですからね」

若い男性警備員は片手で箱を持つと、歯を見せて爽やかに笑う。

箱を持つ警備員の指に剣だこがあるのに気が付いて、エミリアは前を歩く彼の背中を見上げる。

王太子や貴族子息子女が通う学園の警備員は、武術に秀でた者が配属されて当然と言えば当然だ。

体格のいい警備員が増えたのは、実戦演習での出来事が切っ掛けとなったのだろうか。

『シンシア・ミシェルが昨日から行方不明らしい』

ふと、ダルスの言葉が脳裏に蘇る。彼女を捜索するために警備員が増やされたのかもしれない。

「エミリアさん？　どうかしたの？」

「ごめんなさい。ちょっと考え事をしていて」

気のせいだと自分へ言い聞かせ、エミリアは歩く速度を速めてクレアの隣へ並んだ。

「講堂に入るのは入学式以来ね」

「明日の授業準備って、大量の魔石を使って何をするのかな。あっ！　ブレイン先生！」

渡り廊下の柱の陰から出て来たブレイン先生は、名前を呼んだクレアの声に驚き目を瞬かせた。

「ご苦労様です」

先を歩く警備員の青年はブレイン先生に向かって頭を下げる。

「君達は……こんな所に何の用だい？」

「トルース先生に頼まれて、講堂へ行くところなんです。ブレイン先生は何をしているんですか？」

箱を持つ警備員とクレアを交互に見てから、ブレイン先生はいつも通りの笑みを見せた。

「僕は校内の見回りと戸締り当番だよ。最近、校内が落ち着かないから交代で見回りしているんだよ」

(あら？)

ブレイン先生の羽織る白衣の下、ベルトにホルダーを掛けて腰に差している長剣に気が付き、エミリアは違和感を抱く。

警備員もいる校内の見回りに、帯刀までしなくてもいいのではないかと、首を傾げた。

「下校時間が近いから、早く帰るんだよ」

「はい」

頭を軽く下げて上げた時、エミリアはブレイン先生の表情の変化に気付き、抱いた違和感の正体を理解した。

(私のことを探っているの？　笑っているのに、どうしてこんな目で見てくるんだろう)

「お嬢様方、行きましょうか」

警備員に促されたエミリアは、ブレイン先生の背中を一度だけ見てから、先を歩くクレアを追いかけて講堂の入口へ向かった。

「ブレイン先生に会えたし、手伝いするのもいいものねー」

「先生達は持ち回りで見回りをしているんだね。あら？　あの方は……」

渡り廊下を抜けて、講堂入口前のポーチで見覚えのある人物を見付けたエミリアの足が止まる。

制服でなく、騎士団の練習着を着た青年は弾かれたように顔を上げ、次いで大きく目を見開いた。

「お前は……エミリア・グランデ!?　何故、此処にいる！」

「イーサン様」

久し振りに顔を合わせた名ばかりの婚約者、イーサンの大声が静かな空間に響き渡る。

会いたくも無い相手と顔を合わせてしまい、耳障りな声を聞いた不快感でエミリアは顔を顰めた。

名ばかりとはいえ、婚約している相手へ「久し振り」も「元気か」も無く敵意を向けてくるとは。

イーサンに対する嫌悪感を抑え、話の通じない異国人だと思うことにして余所行きの顔を貼り付け、エミリアはスカートを摘まんで頭を下げた。

「先生に頼まれて授業で使う物を置きに来ただけです。イーサン様こそ鍛錬中ではないのですか？」

「俺は、休学手続きと、学校の様子が気になって、見に来ただけだ」

険のある視線をエミリアから逸らしたイーサンは、手に持っていた紙をズボンのポケットへ仕舞う。

「そうでしたか。では、失礼します」

「お嬢様、コレは講堂の中に置けばいいのですか？」

軽く頭を下げたエミリアとイーサンの会話はもう終わったと判断し、警備員は箱を持ったまま片手で胸ポケットから鍵束を取り出し、講堂の入り口扉の鍵穴に鍵を差し込んだ。

「ま、待て！」

警備員が開いた扉から、講堂の中へ入ろうとするエミリアへイーサンは手を伸ばす。

伸ばした手が届くより早く、イーサンの前にクレアが立ち塞がった。

「エミリアさん、先に入っていて。私達は先生に頼まれて荷物を運んでいるだけです。イーサン様こそ、此処に何の用事があるのですか？　休学手続きは職員室と事務室へ行ってください」

イーサンが伸ばした指先を手で払いのけ、クレアは笑顔を作って問う。

「くっ」

言葉に詰まったイーサンがたじろいでいる隙に、開いた扉を支えている警備員の横を通り抜けてエミリアは講堂へ入った。

体育館よりも広い講堂の天井は半透明の特殊な硝子で出来ており、照明を付けなくとも傾いた陽光が内部を明るく照らしていた。

しかし、講堂の中央、一際陽光が降り注いでいるはずの場所には何故か光が届かず影が出来ていて、入口に立つエミリアは目を凝らしてその影を見る。

「え？」

影だと思っていたモノをよく見ると、床に横たわる人の形をしていたのだ。

「あれは、女の子？」

床に横たわっている人物は学園の制服を着ており、入口に背中を向けているため顔は見えないが、スカートから出た脚はやけに黒ずんで見えた。

横たわる女子の周囲には黒い靄が漂い、彼女はピクリとも動かない。

駆け寄って、彼女の状態を確認しなければならないのに、エミリアの足は動いてくれなかった。

ハッと息を飲む音が近くで聞こえ、後ろを向けば口と目を開いて驚愕の表情になったイーサンが、警備員と扉の間から顔を覗かしていた。

「シンシア！」

悲鳴に近いイーサンの絶叫で、体を揺らしたエミリアはヒュッと息を飲む。

目を凝らして見れば、倒れている女子生徒の髪はシンシアと同じ桃色をしていた。

「ええ？　シンシアさん？」

「おいっ、待ちなさい！」

警備員の制止を振り切り、講堂内へ入ったイーサンはエミリアの横をすり抜けて、倒れている女子生徒へと駆け寄った。

「シンシア！　どうしたんだ！」

微動だにしないシンシアを抱き上げ、イーサンは彼女の肩を掴んで上下に揺する。

必死に呼びかけるイーサンへ、シンシアは反応を返さない。

離れた場所に居るエミリアには、横たわっているのはシンシアによく似た人形に見えた。

「シンシア！　目を開けろ！」

入口扉を押さえる警備員が一歩下がり、長身の人物が白衣を翻して講堂内へ入る。

身を屈めてシンシアを抱き締め、呼びかけ続けるイーサンの側へ行こうか迷うエミリアとクレアを、目にも留まらない速さで近付いた白衣の腕が行く手を阻む。

「君たちはアレに近寄ってはいけない」

「ブレイン先生？」

視線だけ背後のエミリアへ動かしたブレイン先生は、普段の柔和な表情を消した厳しい顔つきでシンシアを抱くイーサンへ向けると剣の柄に手を伸ばした。

反応の無いシンシアの頭を撫で、ゆっくりと入口の方を向いたイーサンは、怒りと絶望で顔色をどす黒くした悪鬼の形相でエミリアを睨み付ける。

「エミリア・グランデ！　貴様か！　貴様、シンシアに何をしたぁ！」

「……目を覚ませイーサン・ケンジット。エミリア嬢は何もしていない。その娘から離れるんだ」

「ではブレイン！　貴様がやったのかぁ！」

ブレイン先生へ憎悪の矛先を変えたイーサンが立ち上がった瞬間、足元から赤紫色の瘴気が発生し彼の全身を包み込んだ。

赤紫色の光はイーサンとシンシアを中心に円状に広がり、幾何学模様に似た古代文字を描き魔法陣を形成していった。

「殺気に反応して発動したか」

魔法陣と成った赤紫色の光は、シンシアを抱くイーサンの四肢に絡み付き二人の体を浸食していく。

「うあああぁー!?」

体内の魔力回路を蝕ばまれていく痛みで、恐怖と苦悶が入り混じった表情になったイーサンの発する悲鳴と、魔法陣から立ち上る瘴気で講堂内が振動する。

「イーサン様!」

魔力回路を侵食する赤紫色の光によって、体中の血管が赤紫色に染まっていくイーサンの異常な姿を目にして、エミリアは両手で口元を覆う。

「ブレイン先生っ、アレは一体っ!?」

顔色を青くしたクレアは、前に立つブレイン先生の白衣を掴む。

「あれは……生贄を捧げることで発動する黒魔法の結界です。先ほど確認した時は無かったのに。くっ、やってくれたな」

眉を吊り上げたブレイン先生は、悔しさを露わにして下唇を噛み締める。

「このままでは結界が裂けてしまう。二人とも此処から逃げなさい。間もなく闇がやってくる」

腰に差した剣の柄を握り締めたブレイン先生は、鞘から剣を引き抜き躊躇なくその切っ先を、苦痛でのたうち回るイーサンへ向けた。

「で、でも、二人を助けなければ」

「無駄です」

厳しい表情を崩さず視線もイーサンへ向けたままのブレイン先生は、助けに動こうとするエミリアの言葉を切り捨てた。

「あの二人はもう手遅れです。ですが、魔法の発動は止めなければならない。至急、学園長へ報告してくれ」

「はっ」

胸に手をあてた警備員は、講堂内から出ようと閉まっていた扉へ手をかけた。

バチィンッ！

「ぐああっ！」

激しい音を立てて電流が警備員に流れ、扉に触れた彼の腕が炎に包まれた。

白目を剥いて意識を失った警備員はその場に倒れ、火傷を負った彼の体からは白煙が立ち上る。

「警備員さん！」

反射的に警備員の側に駆け寄ったエミリアは、重度の火傷を負い痙攣する彼の赤く焼け爛れた姿を見て言葉を失った。

「酷い火傷……ブレイン先生、魔法を使わせてください！」

「ええ、彼を頼みます。私は動けそうにないですからね！」

前方の暗がりを睨んだブレイン先生は、素早く剣を持つ手を振るう。

ドオンッ！

ブレイン先生が展開した結界が完成すると同時に、クレアとエミリアへ向けて火球が降り注いだ。

コツコツコツ……

講堂内に響くイーサンの苦悶の声と別の音、何者かの足音が混じり、火球が弾け飛んだ名残の火の粉が暗がりとなっていた講堂の隅を明るく照らした。

「っ！」

足音の主の姿が露わになり、エミリアとクレアは声も出せず唖然となる。

「やはり、貴方の仕業でしたか。生徒を生贄にするのは、あまりにも非情な行為ではありませんか？」

剣を構え直したブレイン先生は、静かな声で近付く相手に問う。

「魂が淀み、心も歪み切った彼等は生贄に最適でしょう。ブレイン先生、貴方が動き回ってくれるものだから、此処までくるのに時間がかかってしまいました。だが、これでやっと結界を破壊できる。全ては君のおかげだよ。エミリア・グランデ」

硝子の天井から降り注ぐ光の下へ、姿を現した人物はつい二十分ほど前に会話した時と全く変わらない顔で笑う。

「トルース、先生？」

青白い顔色で後退ったクレアの声が小刻みに震える。

「トルース先生、何故、こんなことをするのですか。イーサン様とシンシアさんを解放してください」

何処の結界を破壊するのか分からなくとも、トルース先生の目的は善行ではないことくらい分かる。

知らないうちに協力していたのかと、エミリアは全身から血の気が引いていくのを感じた。

「結界を破壊するためだよ。ああ、クレア嬢。大事な媒介を運んでくれてありがとう」

目を細めて微笑んだトルース先生は礼を言い、掲げた右手のひらに魔力を集中させていく。

「ハッ！　まさか!?　エミリア嬢、扉の横にある箱を遠くへ投げなさい！」

焦り上擦ったブレイン先生の声で我に返ったエミリアは、警備員が扉の横へ置いた魔石入りの箱を掴むと力いっぱい投げた。

空中を舞う箱から零れ落ちる魔石から瘴気が発生し、瘴気は楕円形の紫紺色の渦となり小型の魔法陣を形成していった。

ズズズズ……

粘着質なモノを引き摺る音が魔法陣の中央から聞こえ、次いで頭に角が生えた巨大な熊や首が二つある巨大蛇、二本足で立つ牛型の魔物等、数多の魔物が次々に召喚されていく。

「残念ながらこの場は閉じられてしまった。トルース先生を倒すしか、此処から出るすべはないようです。貴女方に張った結界は長くはもちません。早く彼を回復させてください」

「は、はい」

逃げ道は塞がれたと言われ、ゴクリと唾を飲み込んだエミリアは警備員の火傷部位に手をかざし、中断していた回復魔法の詠唱を始める。

「魔物がこんなにいるのに、丸腰で戦わなきゃならないなんてトルース先生、実技授業にしてはやりすぎでしょう。フェアじゃないわ」

額からの汗を手の甲で拭ったクレアはエミリアの前に立ち、両手に魔力を集中させた。

「フェアで無いのは悪かった。元より君たちは贄になって貰うつもりだったからね。結界を破るために残った生徒達にも協力してもらいましょうか」

トルース先生が両手を叩くと、魔法陣から召喚された魔物達が次々に講堂の床へと降り立った。

＊＊＊

学園内に突如出現した瘴気を察知し、瘴気の下へ向かった警備員達が目にしたのは、空中に浮かび上がる小型魔法陣だった。

狼煙変わりの魔力の塊が上空で弾けたのを合図にして、小型魔法陣から出現する数多の魔物達。

異常事態を知らせる警報が鳴り響く中、駆け付けた警備員、教師達は学園の各所で戦闘を繰り広げることになった。

警備員に混じって魔物を斃していたダルスは、棍棒を振り回す全身を毛で覆われた一つ目の魔物の攻撃をかわし、魔力で硬度を増した箒を振り上げて魔物の頭部を殴りつける。

よろめいた魔物の手から棍棒が抜け、ウォルターが戦っていた巨大蜘蛛の腹部目掛けて落下する。

腹部を棍棒に潰され、巨大蜘蛛はまだら模様の脚を激しく痙攣させて地面に倒れた。

「サンダーランス！」

体勢を整えるのに手間取っている一つ目魔物の目玉目掛けて、ダルスは雷で作った槍を投げつけた。

「きゃー！」

「何なんだよこれは！」

飛び掛かってきた三つ目の狼の噛み付き攻撃を右手で持つ箒で受け止め、無防備になった腹目掛けてダルスは左手で電撃を放つ。

「学園は結界で護られていて、魔物は入れないんじゃなかったのかよ！」

昆虫形魔物の装甲を突き破る威力の水の弾丸を打ち込み、二体まとめて倒したウォルターがダルスの横へ並ぶ。

「結界については、どうなっているのか分からない。しかし、まさか君と共闘することになるとはな」

「は？　偶然近くにいただけだろう」

嫌そうに顔を顰め、ダルスはウォルターを睨むと背中を向け、襲いかかって来る魔物達へ攻撃力よりも見た目の派手な魔法を放った。

解析魔法を発動させたウォルターの指示で、ダルスが使える魔法の中から魔物が苦手とする属性の魔法を放ち、魔物を怯ませた隙に戦うことなく間を走り抜けていく。

「はっ、アンタ、殿下を守らなくていいのかよ」

「ダルス君ばかりを活躍させるわけにはいきませんからね」

渡り廊下の曲がり角から姿を現したオークが戦闘態勢を取る前に、状態異常魔法を放ち麻痺させたウォルターは隣を走るダルスへ、不敵な笑みを返した。

「キシャアアー！」

渡り廊下へ出た途端、魔物の甲高い咆哮が地面を揺らす。

何かが羽ばたく音と上空からの突風によって、渡り廊下の天井を支える支柱が数本なぎ倒された。

「うわっ」

倒れてくる支柱を避けたダルスは上空を見上げ、「ゲッ」と声を出して口元を歪ませた。

「ワイバーンまで出て来るとか、マジでどうなっているんだ？」

「学園の東側の森に、ワイバーンは生息していない。魔物出現の原因は、演習場の管理を怠って魔物を脱走させた。では済まないでしょうね。何者かが召喚したとしか思えない」

上空を見上げたウォルターはワイバーンが口を開いたのを察知し、素早く魔力を組み立てて頭上に魔法障壁を張る。

「キシャァアー！」

キュドドド！

再びワイバーンが咆哮し、降り注ぐ魔力弾によって魔力障壁に大きな亀裂が入っていく。

バリンッ！

砕け散った魔力障壁の破片が地面に突き刺さり、防ぎきれなかった魔力弾をダルスとウォルターは横に飛び退いて直撃を免れた。

「ライトニングボルト！」

拳を突き上げたダルスは上空のワイバーンへ向けて電撃を放つ。だが、気流の動きで魔法発動を察知したワイバーンは翼を羽ばたかせ、後退して電撃をかわす。

「外したか」

舌打ちをして、次の攻撃魔法の詠唱を始めたダルスの動きが止まり、首を動かして振り向いた。

「ヤベェ！　離れろっ！」

「なっ」

事態を理解出来ないウォルターの襟首を掴み、ダルスは渡り廊下から中庭へ飛び下りた。

ドオーン！

上空で起きた爆発の衝撃波によって渡り廊下の屋根が吹き飛び、今までダルスとウォルターが立っていた場所が天井の瓦礫と倒れた支柱で埋まる。

砂煙に咳き込みながら、降りかかってきた瓦礫を押し退(の)けてダルスは立ち上がった。

ダルスとウォルターがいると分かっていながら、ワイバーンを一撃で倒すほど高位の爆炎魔法を放った、煙の向こうにいる男を睨み付ける。

「ちょっ、お前なぁ！　いきなり爆発させるなよ！」

砂煙の向こうにいる男は、爆炎魔法を受けて息絶えたワイバーンの焼け焦げた頭部をブーツの硬い靴底で踏み潰し、クツクツと喉を鳴らして笑う。

「……飛行する魔物を落とすには、動きを見極めてから魔法を打てと教えただろうが」

「俺は魔力コントロールが苦手なのは知っているだろ。それと、来るのが遅いんだよ！」

「フンッ、助けてやったのに生意気な坊ちゃんだな。此処へ来る前、魔物に足止めされていた騎士団を助けてきたのだから、遅くなっても仕方なかろう」

普段の黒色スーツとは違う恰好だからではなく、雰囲気と纏う魔力の質まで変えた男の姿にダルスは閉口した。

きっちりと皺を伸ばした白シャツではない黒色のシャツを着て、金糸で細かい刺繍がされた長いコートを肩に掛け腰には金と銀の装飾が付いた長剣を差した男。

服装と髪を整えた執事のノアではない、冒険者としてのノアが立っていた。

吹き抜ける風に砂煙が流され、陽光を反射して金色に輝くノアの銀髪が舞う。

「見た目も威力も派手なのを食らわしてやったから、大概の魔物は怯んだはずだ。直に騎士団もやって来るだろう。お嬢様に危険が迫っている。俺は先に行かせてもらうぞ」

「エミリアに危険が？　おいっ」

瓦礫を避けてダルスが渡り廊下へ上がるより先に、ノアは転移魔法を発動した。

＊＊＊

エミリアの回復魔法によって回復した警備員は、飛び掛かってきたゴブリン二匹を斬り伏せる。

三つ目の狼の姿をした魔物は、今にも飛び掛からんばかりに唸り声を上げてエミリアとクレアを背に庇う警備員の周囲を取り囲んだ。

「お嬢様方、危険ですから下がっていてください！」

意識を取り戻した直後、ブレイン先生から守るように命じられた彼は何度もエミリアに頭を下げた。

恩を感じているのか、命をかけて守ろうしているのだと感じ取ったエミリアは首を横に振る。

「私達も戦えます」

氷結魔法で氷の剣を具現させ、エミリアは剣の柄を両手で持ち身構えた。

「鍛錬不足だったから鍛錬の相手になってもらうわ」

口角を上げたクレアは、髪に付けていたヘアピンを引き抜き、魔力を纏わせる。ヘアピンはショートソードへと変化した。

臨戦態勢をとったクレアと視線が合った蝙蝠の羽を生やした大鼠は、羽を羽ばたかせると口を向けて大きく開けて超音波を放つ。

跳躍して超音波をかわしたクレアは、目前に広がった蝙蝠の羽へ斬りかかった。

「エミリアさん！」

「ええ！」

羽を失い落下する大鼠の胴体に氷の剣を突き刺し、エミリアが魔法を発動させれば傷口から大鼠の全身へ氷が広がっていく。瞬く間に大鼠の全身は凍り付き、氷柱が完成した。

「こっちは私達に任せてください」

息の合った二人の戦いに目を丸くした警備員へ、片手を上げたクレアは不敵に笑う。

「ではお嬢様方、援軍が来るまでの間だけ私に力を貸してください」

「はいっ」

顔を見合わせて頷いたエミリアとクレアは、襲いかかって来る魔物達へ向けて魔法を発動させた。

ゴオオオ！

エミリアに気を取られていたブレインに向かって、トルースは火炎魔法を放つ。

咄嗟に、ブレインが無詠唱で発動させた氷結魔法で火炎は相殺され、トルースは眼鏡の鼻当てを人差し指で押し上げて愉しそうに笑う。

「不意打ちは卑怯ではありませんか？　トルース先生」

「フフッ、さすが国王直属の聖騎士様ですね。この程度では防がれてしまいますか」

「ご存じでしたか」

剣を下ろしたブレインは、バサリと白衣を脱ぎ捨てる。

白衣の下から現れたのは、魔法で不可視にしていた聖騎士団の隊服だった。

「ええ。貴方はシンシア・ミシェルにかけていた呪いを解こうとしていましたし、調べさせてもらいました。産休代替で来られた臨時教員が、他の教師が気付けない呪いに気付き、解呪を試みていたら気になるでしょう」

羽織っているローブの中から手帳を取り出し、トルースはパラパラとページを捲る。

「聖騎士団の副長、ブレイン・ハウザー閣下。その実力は聖騎士随一と評される。そんな貴方が学園の保健医ですか。国王陛下の命令で学園を調べていたのですかね？」

口角を上げたトルースは、パタンッと音を立てて手帳を閉じる。

「僕程度の力で随一とは、過大評価ですね。僕も聞きたいことがあります。シンシア嬢を操り学園の秩序を乱させた理由、貴方は学園の結界を解くと言っていましたが、結界を解いた後はどうするのでしょうか？」

剣の切っ先をトルースへ向けたまま、ブレインは慎重に言葉を選んで問う。

「操るとは失礼な。私はただ、慣れない学園生活に不安を抱いていたシンシア嬢に助言し、彼女が他の生徒と仲良くなれるよう力を貸してあげただけですよ。結界を解いた後は……長年の研究で得た仮説を試すつもりです」

人差し指を立てたトルースの返答を聞き、ブレインの全身の筋肉が緊張していき彼のこめかみに青筋が浮かぶ。

「助言？　男子生徒達を誘惑させ、風紀を乱すことが、助言ですか？」

「王太子を魅了し、取り入ることが最終目標だったのですが、貴方とエミリア嬢のおかげで失敗しましたよ。それでもシンシア嬢は役に立ってくれました。学園をこれだけ乱してくれたのですから」

魔法陣から立ち上る瘴気に包まれ、意識を失って床に倒れているイーサンとシンシアを横目で見る。

「途中からブレイン先生への恋慕が、いい原動力になってくれました。恋い焦がれていたブレイン先生と結ばれなくとも、最後は封印を解く贄になれて預言者の私の役に立てたのなら本望でしょう」

肩を震わせて嗤うトルースと相反して、ブレインの顔から感情が消え失せていく。

「……そのような感情を利用するなど卑劣ですね。仮説を試すとは如何に。確かトルース先生の研究は不老、でしたか」

「ほう、よくご存じで。この学園にあるモノが私の望みを叶えてくれる。そのために学園の教師になったのですから。もうこれ以上、私の邪魔はさせませんよ！」

言い終わる前に、トルースは素早く腕を動かして魔法を発動させる。

ボボボンッ！

十数個の魔力弾がブレインの周囲を取り囲み、彼が防御するよりも早く次々に爆発を起こした。

魔力弾の爆発によりブレインの姿は炎と煙に包まれ、爆風の熱で動きを止めたエミリアは氷の剣と腕で顔を庇（かば）った。熱波によって握っている氷の剣が解けていく。

「副団長！」

悲痛な警備員の声で、爆発の直撃を受けたブレインが無事では無いだろうと思ったエミリアは、半分の長さまで溶けた氷の剣を振るった。

「ひっ」

熱波を切り裂き開けた視界の中、自分へ真っすぐに向かって来るトルースの姿が入り込み、エミリアは恐怖で上半身を仰け反らせた。

動けないでいるエミリアの数歩手前、手を伸ばせば触れられる位置でトルースは止まる。

「仕上げにお前を贄にすれば、古の守護者の血肉を捧げれば魔法陣は完成するのだ」

貼り付けた笑みを深くしたトルースの手のひらに、禍々しい紫紺色の炎が出現する。

炎に魅せられた魔物達は吸い寄せられるようにトルースとエミリアを取り囲み、爆発で飛ばされたブレインが埋まっている瓦礫の山へ駆け寄った警備員も、炎の発する異様な力に動きを止めた。

「トルース先生のせいで、シンシアさんもイーサン様も狂ってしまったのね」

顔を合わせる度にイーサンから睨まれていたのは、疎まれていたことが原因ではなかった。

そして、シンシアが取り巻きの男子と共にエミリアに絡んできたのは、そうなるようにトルースが裏から糸を引いていたから。

担任教師なら、エミリアの行動も監視しやすいし実戦演習のチーム分けのくじ引きも操作可能だ。

「前の時も……前のダルスも！」

自滅の道を進んだ前のダルスは、我儘でも対人関係に難がある性格でも、非常識な言動はしていなかった。それが学園入学後、突然人が変わったようにシンシアに付きまとい出したのだ。

教師達から厳重注意されても付きまとい行為を止めなかったのは、おそらく前の時もトルースが裏で糸を引いていたから。

破滅へ向かっていった前のエミリアの絶望感が蘇り、悔しさから涙の膜が視界を歪めていく。

(当て馬にされて破滅するのは、もうごめんだわ！　今度は負けない！)

奥歯を食いしばり、目元に力を入れて零れ落ちるのを堪（こら）える。

「前？　可哀想に恐怖で混乱しているか。すぐ楽にしてあげよう」

目を細めたトルースの手の中で、捧げられるエミリアという贄を喰らいつくそうと歓喜して、紫紺色の炎が大きくなる。

「エミリアさん……逃げて」

炎の力によって起こされた全身の麻痺を何とか解き、緩慢な動作で床へ転がるショートソードの柄を掴み、よろめきながらクレアは立ち上がった。

「きゃあっ！」

エミリアの足元の床から、魔法陣から伸びたモノと同じ瘴気の触手が伸びて足を固定する。

両手の間で大きく育った紫紺色の炎を解放するため、笑みを浮かべたトルースは両手を高く掲げた。

ざんっ！

一陣の風が吹き抜け、何かを切り裂く音に続き何かが床へ落ちる音が講堂内に響き渡る。

「ぎゃああ！」

獣じみた悲鳴を上げたトルースは後退り、彼の手の中にあった紫紺色の炎は近くの魔物に燃え移る。

紫紺色の炎は、数体の魔物を数秒で灰に変えて空気に溶けるように消えた。

状況が理解出来ないまま、突如失った右手首からの出血をまき散らし、血走った目でトルースは苦痛の呻き声を上げながら転がる自身の右手を見て目を見開いた。

唖然となるエミリアの体を、覚えのある魔力が包み込み全身に負った傷を癒していく。

体に体温が戻っていく感覚と安心感で、エミリアの瞳から堪えていた涙が零れ落ちた。

「近付くな」

低く冷たい声色は、聞いた者を畏怖させる怒りが込められていた。

涙を流すエミリアの前に漆黒を纏った男の背中が現れ、握っている件を下ろして振り返った。

「お嬢様、遅くなってしまい申し訳ございません」

「……ノア」

初めて会った時と同じ冒険者の姿をしたノアは、やわらかく微笑むとエミリアの肩を抱き寄せた。

皮の手袋の端を噛んで外し、濡れたエミリアの頬をなぞり目元の涙を人差し指で拭う。

「ご安心ください。魔物は在るべきところへ戻し、ご友人と聖騎士の傷は回復させせました」

「え？」

言われてようやくエミリアは周囲が静かになっていることに気付く。

見渡せば周囲を取り囲んでいた魔物達は姿を消し、爆発によって崩れた壁の瓦礫を掻き分ける警備員の手によって、煤だらけのブレインが助け出されていた。

「エミリアさん！」

髪と乱して半泣きになったクレアが駆け寄り、エミリアの頬を一撫でしたノアは傍らから離れる。

「邪魔な者を片付けてすぐに終わらせますから、お嬢様は下がっていてくださいね」

否とは言わせない強い圧が込められた言葉。

頷くしかなかったエミリアは、クレアの手を引き講堂の隅へと下がった。

「く、何者だ」

脂汗を流したトルースは、転がる右手を拾い回復魔法を唱える。

手首を治癒したトルースは貼り付けていた笑みを消し、憎悪に歪んだ表情でノアを睨む。

「この魔力は……そうか、貴方があの時の光魔法を放った者ですか。貴方は騎士ではないな、卑しい冒険者か」

「目障りな娘を操る者を探っても、なかなか見付からなかったはずだ。まさか黒幕が教師だったとはな。手駒だった娘が暴走する前に動くか、お嬢様の入学を待たずに事を進めればよかったものを、詰めが甘かったな」

小馬鹿にした口調のノアに鼻で嘲笑われ、トルースの額に青筋が浮かぶ。

「結界を解く鍵となる、守護者の血を手に入れられなくてね。グランデ伯爵の血肉では、濁りすぎて役に立たなかったのだよ。下準備を万端にして、グランデ伯爵の娘と息子が入学するのを待っていた。ようやく守護者の血を捧げて魔法陣が完成するはずだったのに、邪魔されるのは困りますね」

言葉尻を強めるトルースの苛立ちを表すように、彼の周囲でバチバチ音を立てて細かな火花が散る。

「守護者？　お父様の血肉？」

講堂の端に居るエミリアには、ノアとトルースの全ての会話を聞き取れない。とはいえ、断片的に聞こえた守護者という言葉とグランデ伯爵の名に胸騒ぎを覚えた。

「邪魔？　許せないだと？　策を巡らし結界を解き、お前は何をするつもりだ？」

「何故、貴方に言わなければならない」

返答を拒否され、ノアは口元だけの笑みを消した。

「……封じられし悪しき者」

ノアの一言で、動きを止めたトルースの片眉が上がる。

「魔塔の魔術師だったお前は、学園が建てられる前にこの地へ封じられた悪しき者、王国の中でも限られた者しか知らないアレの存在を知った。そして、アレの力を得ようと画策した、違うか？」

「ほぅ、冒険者ごときが物知りですね。高位魔法を放つほどの実力者で学園長のお知り合いの貴方は、学園長にでも依頼されたのですか」

目蓋を閉じて深い息を吐くと、トルースは両手を広げた。

「魔塔で魔術師として魔法研究をしていた頃、二十年ほど前でしょうか。偶然見付けた古文書で、封じられし悪しき者の存在を知りましてね。研究者として興味深い存在ではありませんか。建国の祖である聖女様が封じた、悪しき者……魔王の欠片への探求心を抑えられないのは、仕方ないことだと思いませんか？」

両目と唇を三日月のように歪めて、トルースは狂気じみた笑みを浮かべた。

「魔王の欠片？」

はっきりと耳へ届いた言葉の意味を理解する前に、胸騒ぎが増していきエミリアの両脚が震える。

「エミリアさん、大丈夫？」

蒼褪めて震えるエミリアの手を、異変に気付いたクレアが握った。

「……よく喋る奴だ。十五年前、入学試験に合格した平民が学園に通えるようにと、先代国王に助言をしたのはお前だな。目的は、学園に張られた結界の力を弱めるためか」

「ええ。長い年月をかけた私の計画。冒険者ごときに邪魔されるわけにはいきません」

「魔王の欠片は人の手には負えぬモノ。封印を解いたところで魂を喰われるだけだ。お前が発動させた魔法陣は不完全なものであり、結界は解けても魔王の欠片の封印は解けない。外の魔物達も騎士団によって倒されている。諦めろ」

「ふっくくく、まだ手はありますよ。守護者の血筋はもう一人いますから」

ぱちんっとトルースが指を鳴らせば、講堂と外部を遮断していた魔力障壁が解除される。

バンッ！

勢いよく閉じていた扉が開き、外からの風と共に男子生徒が講堂の中へ駆け込んだ。

「エミリア！　無事か！」

魔力障壁を解除したトルースの狙いが何なのか、やって来たダルスの声を聞いた瞬間、エミリアは理解して彼の方を向いた。

「ダルスッ！　こっちに来ちゃ駄目——！」

エミリアの声に驚いたダルスの足が止まり、彼の足元の床から紫紺色の瘴気が立ち上り下半身に絡み付いていく。

「なん、うわあ！」

「これで結界も封印も解ける！　ひゃーはっはっはー！」

瘴気の触手が驚くダルスの体を包み込んでいき、狂気じみたトルースの甲高い笑い声が講堂内に響き渡った。

触手となった瘴気は、ダルスの下半身を這い上がっていき胸元へ伸びていく。

胸元へ伸びた触手がダルスの心臓目掛けて皮膚を突き破ろうとした瞬間、鋭く尖った触手の先端がパチンッと音を立てて破裂する。

破裂した触手は空中へ解けるように消えていった。

「ダルス！　大丈夫なの!?」

駆け寄ったエミリアは、状況の把握が出来ず目を白黒させているダルスの体に触れる。破裂による衝撃でよろめき、肩を貸す必要はありそうだがダルスについている血はほとんど、ここに来るま

でに彼が斃してきた魔物のもののようだ。

「なっ、エミリア？　何だよコレ、どうなっているんだ？」

「学園がこうなったのはトルース先生が魔物を召喚したからで、ええっと、魔王の欠片を復活させるのにはグランデ家の血肉が必要なんだって」

「はぁ？」

情報を整理しきれないでいるエミリアも、ダルスにどう説明したらいいのか分からない。

「血肉を手に入れられず、残念だったな」

浄化魔法を放ったノアは対峙するトルースに剣の切っ先を向け、視線だけ動かしてダルスの無事を確認する。

「……何故だ」

目前に立つノアの不意を突いたと確信していたトルースは、強張り過ぎて血管の浮き出た顔に焦りの色を滲ませ、ギリギリと歯を鳴らした。

「何故だ。まさか、その剣の輝きは、そうか。貴方は……そうでしたか」

向けられた剣の切っ先と、刀身に彫り込まれている文字を凝視してトルースは何度も頷く。

「坊ちゃんにも守りを施しておいただけだ。もう、終いにするぞ」

「フ、ククク……」

霧散させられる前に瘴気の一部を魔法陣へ集め、トルースは俯くと肩を揺らした。

「少量でもダルス・グランデの魔力を手に入れられました。これで十分ですよ。足りない分は補填すればいい」

背後へ跳躍したトルースは魔法陣の中央へ下り立つ。

「私自身の血肉を捧げればいい！」

叫ぶと同時に、トルースは魔力を帯びた右手を振りかざし、勢いよく自身の胸へ突き立てた。

突き立てた右手は心臓を貫通し、胸から流れる大量の血液は魔法陣の描かれている床と、重なるように倒れているイーサンとシンシアへ降りかかる。

口から赤黒い鮮血を吐き、傾いだトルースの体はイーサンの上へ覆いかぶさった。

ブシュー！

倒れたトルースの血液が魔法陣に広がると、音を立てて魔法陣から瘴気が吹き出した。

紫紺色の瘴気は漆黒へ変化し、天井近くまで立ち上った漆黒の瘴気の表面には無数の稲妻が走り、講堂内には瘴気が混じった暴風が吹き荒れ出しヒビの入った壁が崩れていく。

「そこの聖騎士共！　結界を張ってお嬢様達を守れ！」

瓦礫の山から抜け出し、瘴気の塊を見上げていたブレインと警備員は、ノアの声で我に返った。

「貴方は……ええ、了解しました」

頷いたブレインは、吹き荒れる暴風からエミリアを庇(かば)って立つダルスと、立っていられず床に座り込むクレアの周囲に結界を張る。

間一髪、ダルス目掛けて飛んできた瓦礫が結界に当たり砕け散った。

「封印が解ける。魔王の欠片が出て来るぞ」

魔法陣から立ち上った瘴気の塊が一気に膨らみ、弾け飛んだ衝撃で講堂の天井一面の硝子が粉々に割れて、床へと降り注ぐ。

瘴気が消え静まり返った数秒後、地の奥底から地表に向かって巨大な存在が出て来ようとするのを感じ取り、エミリアは側に居るダルスにしがみ付いた。

「ダルスッ、来るよ」

魔法陣を中心にした激しい振動で講堂が揺れ、地響きに混じり聞こえてくる獣の咆哮に、体の奥底から恐怖が湧き上がってくる。

地底から伸びた紫紺色の光が床を突き破り、魔法陣の上に倒れている三人の体を床の石材ごと飲み込んでいった。

ぐちゃりぐちゃっ、……べちゃっ！

魔法陣の外枠形に陥没した床の奥から粘着質な水音が聞こえ、穴から漏れ出た瘴気によって講堂の端に散らばっていた魔物の肉片が塵と化す。

「なんて、魔力だ。これが……」

結界を展開するブレインは、瘴気の影響で増加した魔力の消費量による負荷を感じ、顔を歪めた。

ずるずる、ずるり……

穴の奥から紫黒色の指の生えた無数の触手を伸ばし、地の底からナニかが地上へ這い上がってくる。

紫黒色の触手は周囲の床を崩しながら、ついに穴から顔をだした。

「きゃあああ！」

這い出て来た異形の者を見たクレアは、口元へ手を当てて悲鳴を上げる。

「ひっ」と、短い声を上げたエミリアはダルスのジャケットを掴む。

「アレが魔王の欠片、なの？」

剣を構えなおしたノアは、首を動かしてエミリアの方を向いた。

「ええ。コレが聖女によってこの地に封じられた悪しき者。世界を滅ぼそうとした魔王の肉体の一部分です」

『おんぎゃあああああー!!』

咆哮を上げて穴から這い出て来たのは、糸を引く漆黒の粘液で全身を覆われ触手の手足を生やした、巨大な乳児に近い形をした肉の塊だった。

地響きを立てて講堂内を激しく揺らし、手足を動かして泣き出した漆黒の粘液に覆われた巨大な乳児から、漆黒の瘴気が放出された。

瘴気を防ぐため、自分と生徒達の周囲に張り巡らしている結界にかかる圧が増していき、ブレインは奥歯を食いしばって堪(こら)える。

瘴気の中でも平然としているノアは、片手で持つ剣を振って作った風で瘴気の膜を掻き消していく。

「ノアッ！」

「馬鹿っ！　出るな！」

結界の外に出そうになるエミリアを、背後から抱き締めてダルスは動きを制止する。

「大丈夫ですお嬢様。この程度の瘴気では、五つに分けた欠片では、俺を倒せない」

「五つに分けた？」

幼児用絵本でも、歴史の授業でも、魔王と戦った結果は「勇者様と聖女様が仲間達と力を合わせて魔王を倒しました」となっていた。実は魔王は倒されておらず、五つに分けられて封印されているなど、聞いたことが無かった。

「ダルスは聞いたことある？」

「五つ？　何を言っているんだ？」

抱き締めていたエミリアから手を離し、ダルスは眉を寄せる。

「聞こえてない？」

首を動かせば、背後に立つダルスの上下する喉ぼとけが見えた。

「魔王は不死の存在。倒しても長い年月をかけて、魔素を取り込み復活してしまう。ですから聖女は魔王が復活出来ないよう、肉体と魂を数個に分けて封印したのです」

困惑するエミリアをよそに、ノアは続ける。

「魔王の欠片を世界各地に封印した後、建国した聖女は自身の血を封印に使うことを考えた。そして、己の子孫が欠片の封印を強固にして恒久に封じられるように、聖女と聖騎士の遺言の通り二人の間に生まれた子どもはこの地に学園を建てました」

瘴気の嵐の中でも、静かなノアの声は真っすぐにエミリアの耳に届く。

「どうして、どうしてノアがそれを知ってるの？　貴方は、本当は誰なの？」

「エミリア？」

吹き荒れる瘴気の嵐の音と結界に阻まれて、ダルスにはノアの声は届かない。

ダルスには聞こえないのに、ノアの声と会話をしているらしいエミリアに戸惑う。

「欠片とはいえ、魔王であるアレを倒すのは只人では出来ません。俺は、そうですね。魔王を監視している者、でしょうか」

かまえていた剣を下ろし、振り返ったノアは切なげにエミリアを見る。

「アレを倒すのには貴女の力が必要です。否、正確には、貴女に与えた力を返していただきます」

「力を返すって、どういうこと？」

目を瞬かせたエミリアは首を傾げる。

「貴女の魂を支えていた力、回帰を可能にした力。聖剣の力を返していただきます。苦しいでしょうが、少しだけ耐えてください」

半眼に伏せたノアは、片手で持った剣にはめ込まれている魔石に触れ、文字が彫り込まれた刀身を指先でなぞる。

剣にはめ込まれている紺碧色の魔石が輝き、次いで文字が光を発して刀身が金色に輝き出した。

ドクンッ！

「あっ⁉」

心臓が大きく脈打ち、力が吸い取られていくエミリアは胸を押さえた。

押さえている胸元、心臓から虹色に輝く光の玉が抜け出し、真っすぐにノアが手にする剣へ向かっていった。

両脚から力が抜けていき、崩れ落ちる前に背後から腕を回したダルスが支える。

「エミリア！　おいっ」

「坊ちゃん、お嬢様を頼むぞ」

脱力したエミリアを抱え、顔を上げたダルスは大きく目を開いた。

「はぁ？　お前、どうなっているんだよ」

瘴気の中でも輝くノアの髪は金色に、すぐに前を向いたため一瞬だけ見えた彼の瞳は、晴天を思わせる天色に変化していた。

霞む視界で見えたノアの後ろ姿は、遠い昔に見たことがある気がしてエミリアは記憶を手繰り寄せ、目蓋を閉じた。

（そうだわ、あの人は……）

蝋燭しかない薄暗い部屋での生活で、視力が弱った前のエミリアには陽光で輝く彼の髪は眩しすぎて、直視出来なかった。

何度も修道院から出ようと誘ってくれたのに、首を振って拒否したのは前のエミリアだった。

破滅へ向かっていると分かっていて何もしなかった贖罪だからと、拒否したエミリアの下へ何度も足を運び、異国の話や薬を置いて行ってくれた。

（前の私が、最後に会いたかった人）

流行り病に罹り、急激に弱っていくエミリアが迎えた今際の時、名前を呼び抱き締めてくれた青年の声は、彼と同じ。

「ノア、貴方は……旅人さん、なの？」

僅（わず）かに開いたエミリアの目蓋の間から、涙が一滴零れ落ちた。

巨大な闇の魔力が爆発し、その衝撃に地面が大きく揺れる。

大爆発によって講堂の壁の三分の一程が崩れ落ち、地階まで大きく抉れた穴からは砂埃と黒煙が立ち上っていた。

講堂の地下から姿を現した、粘膜に覆われた巨大な乳児が瘴気を撒き散らし、瘴気を浴びた木々が次々に枯れていく。

皮膚の厚い目蓋を開き、深紅の瞳を動かした魔王の欠片は眼下を睨む。

ギュルルルッ！

魔王の欠片の表面から伸びた無数の触手が蠢き、校舎の屋根の一部が風圧で崩壊していく。

「魔王、俺のことを覚えていないのか？　そうか、知能の多くは他の欠片へ持って行かれ、コレにはそこまでの知能は残ってはいないか。在るのは純粋な生存本能だけ。目覚めたばかりで悪いが、まだ弱い赤子の内に、成長する前に消滅してもらう」

『あんぎゃあぁあぁ！』

首を左右に動かした魔王の欠片の絶叫で、講堂の壁に細かい亀裂が入っていき残っていた天井の硝子が崩れ落ちる。

眼下に立つノアを敵だと認識した魔王の欠片は、大きく口を開き漆黒の炎を吐き出した。

硝子の天井の一部は熱により溶け落ちていき、講堂内は一気に漆黒色の炎の海と化す。

襲いかかって来る数多の触手を避け、ノアは聖剣を振って瘴気ごと触手を斬っていく。

『あぎゃ！　あああああ！』

怒りと殺気を撒き散らした咆哮により、大気と大地が震える。

「この感覚、懐かしいな」

穏やかな執事として生きてきた時とは違い、久し振りに自分を追い詰める可能性のある強敵を前にして、気分が高揚してくるのを感じてノアは笑う。

「知性を奪った魔王の欠片は赤子の姿となり、生存本能のまま動くのか。遊んでやりたいところだか、長引かせるわけにはいかない」

跳躍して触手を避けたノアは、視線を動かしてダルスに抱きかかえられているエミリアを見る。

「はぁっ！」

本来の力を取り戻した聖剣に聖魔法を纏わせ、襲いかかる触手を踏み台にして高く跳躍する。

瘴気が盾と成り、防御に徹する魔王の欠片の頭上へと振り下ろす。だが瘴気の盾が斬撃を受け止め、ノアの攻撃は魔王の欠片まで届かない。

攻撃を弾かれたはずのノアは口の端を吊り、聖剣に纏わせた魔法を解放した。

「はぜろ」

刀身に刻まれた文字が光り輝き、威力を倍増させた聖魔法が発動する。

聖魔法の力に瘴気の盾が耐え切れず、亀裂が入っていき粉々に吹き飛んだ。

遮るものが無くなった頭部目掛けて、ノアは瞬時に聖魔法を纏わせた聖剣を振り下ろした。

『ぎゃあああー！』

魔王の欠片の頭部が大きく割れる。黒い血肉と脳髄を撒き散らし、手足を振りのたうち回った
頭部から黒い血を垂れ流し、顎が外れんばかりに大きく口を開いた魔王の欠片は息を吸い込んだ。

「ホーリー・ランス！」

大きく開いた口目掛けて、ノアは光の槍を放つ。

バシュッ！

口の中で弾けた光の槍によって、魔王の欠片の首の中間から上の部分は消し飛ぶ。

頭部を失った魔王の欠片は叫び声も上げられず、コントロールを失った瘴気の触手が周囲の物を
手当たり次第に攻撃し始め、かろうじて残っていた講堂の壁が崩れ落ちていった。

「エミリア、もう少しだ。頼む、頑張ってくれ」

意識を失ったエミリアの手を握るダルスは、弱くなっていく脈拍を感じ取り彼女の体を抱き締
めた。

「これ以上、お嬢様に負担をかけられない。魔王、もう終いにするぞ。消滅せよ！」

魔力を込めた手で刀身をなぞり、聖剣の力を最大限まで高めたノアは腕を大きく振りかぶり、下
ろした。

ザシュッ！

渾身の一撃を受けた魔王の欠片は、聖剣の力によって粘膜で覆われた皮膚は音を立てて乾燥していき、生じた亀裂から漏れ出た聖魔法の光が瘴気の膜を消し飛ばしていった。

激しく揺れる大地によって、地面が隆起して出来た無数の地割れに瓦礫が飲み込まれていき、地割れの深い亀裂から、紅蓮の炎が勢いよく噴き出す。

剣を一閃させたノアは、結界の上に落下しようとした瓦礫を切り刻んだ。

結界の中に居るエミリア達の無事を確認して、剣を鞘に納めたノアは振り返った。

全体に亀裂が入った結界がついに砕け散り、涙を浮かべていたクレアの視界が開ける。

「これで終わった、のか？」

額と両目から血を流すブレインも顔を上げ、戦いが夢だったと勘違いさせる雲一つない空、視界いっぱいに広がる夕暮れ直前の空を仰いだ。

瓦礫を踏み血塗れの聖騎士達へ近付いたノアは、地面に膝をつき肩で息をするブレインと警備員、メイソンへ近付き二人に手をかざし回復魔法をかけた。

「聖騎士、よく堪（こら）えてくれたな」

最高位の回復魔法によって傷が癒えていくのを実感し、ブレインは呆然とノアと自分の両手のひらを交互に見る。

地面に座り込むダルスは、理解が追い付かない魔物と戦闘を繰り広げたというのに、息一つ乱さず平然としているノアを見上げた。

「お前が化け物だって知っていたけど、本当に化け物だって確信したよ。で、アレは倒したのか？」

「化け物？　勿論倒したさ。学園に封じられていた欠片を、な。封印されていたのはほんの一部分、欠片でしかない。本体である核は、封印できても倒すことは出来ない。アレは混沌の集合体だから」

顔にかかる髪を払い除け、ノアはダルスの前で片膝をつき身を屈めてエミリアへ微笑みかける。

「お嬢様、終わりました。直ぐに力を戻して、お嬢様？」

エミリアの顔を覗き込んだノアは目を見開き、瞬時に焦りと苦渋に満ちた表情へと変わる。

「エミリア？」

抱き抱えていたエミリアの異変にようやく気付き、ダルスも彼女の顔を覗き込んだ。

血の気の失せた蒼褪めた顔色のエミリアの目蓋はきつく閉じ、弱い呼吸と心臓の鼓動は今にも止まってしまいそうだった。

「エミリア！　起きろ！」

焦るダルスの呼びかけにエミリアは何の反応も返さず、脱力した腕がだらりと垂れさがった。

＊＊＊

ひどい倦怠感に襲われ、エミリアの体から視覚触覚が消えていく中、残った聴覚でノアとダルスの呼びかけを遠くから聞いていた。

（ノアとダルスが名前を呼んでいる。目を開いて、答えなければならないのに……怠くて目を開けられない。指にも力が入らないし、動かせないや）

心配をかけてしまうから呼びかけに答えなければと、ノアにも聞きたいことがあるのにとは思うものの、体は指一本動かせず呻き声すら出せない。

しだいに呼びかけるダルスの声も聞こえなくなり、エミリアの意識は深く沈んでいった。


焦げた外壁と焼き払われた木々、瘴気によって枯れた草木。

悪しき者との戦いの爪痕が生々しく残る大地は荒れ野と化し、ただ一つ残った建物である神殿を朝日が神々しく照らしていた。

結界によって守られている神殿の入口に立つのは、腰に神々しい剣を挿した旅装束の青年と、数人の若い男女だった。

彼等を見下ろしていたエミリアは、周囲を見渡して自分の体が透けており空中に浮遊していることに気付く。

話をしているのは知らない男女なのに、どこかで会ったような気がして、目を凝らして彼等を見る。

一人、旅立とうとしている青年の天色の瞳に宿るのは沈んだ暗い影だった。

（あれ？　彼はもしかして……）

ゆっくりと空中を歩き、旅装束の青年の側に降り立ちエミリアは目を見開いた。

雇用契約を結んだ九歳の時から毎日見ていた彼の顔を、エミリアが見間違えることはない。

そうだと確信して、エミリアはゴクリと唾を飲み込む。

（ノア？　知っているノアとは雰囲気が違うし、もっと若い気がする。一緒にいる人達は、誰だろう？）

「ノア！」

腰まである長い薄桃色の髪を揺らし、神気を感じさせる女性は両手でノアの右手を握った。

「魔王の呪いを解く方法はきっとあるわ。此処に残って皆で解呪方法を探しましょうよ」

懇願に近い女性の言葉に一瞬だけノアの瞳が揺れる。

目蓋を閉じたノアは、右手を握り締めてくる彼女の手をやんわりと外し、首を横に振った。

「呪いは魔王が消滅するか、俺の魂が消滅しなければ解けない。呪われた俺では、真っ当な生き方は望めない。これからは、各地に散った魔王の欠片の封印を監視していくよ。呪いのおかげで俺だけは、魔王の瘴気に影響を受けないからな。だから……後は頼む」

「勇者として讃えられるべき貴方が、私を庇って呪いをうけたのに……一人で背負って旅立つことないじゃないの」

唇を震わせた女性は眉尻を下げて俯き、堪えきれず嗚咽の声を漏らして涙を流す。

女性の背後に控えていた騎士装束の男性は、慰めるように彼女の肩を抱いた。

「承知した。カルロス・グランデの名に懸けて、この地と魔王の欠片の封印を守ることを誓おう」

緋色の髪と顔に傷痕を付けた屈強な戦士風の男性が、胸に手を当ててノアに応える。

（カルロス・グランデって、もしかしてグランテ伯爵家の祖となった人？　歴代当主の肖像画を飾ってある部屋で見たことがある気がする）

幼い頃に亡くなった祖父の葬儀後、エミリアは亡き祖母に連れられて歴代当主の肖像画が飾られた部屋へ入ったことがあった。

肖像画が飾られている壁面の中央、一際立派な額縁に彩られていたのは確かに緋色の髪をした厳めしい男性だと、記憶に残っている。

額縁に彫られていた彼の名前は『カルロス・グランデ』。

「待って、ノア！」

男女達の間をすり抜けて駆け寄った女性は、駆け寄った勢いのままノアに抱き付いた。

「エルシー、一緒にいられなくてごめん。今までの分も幸せになってくれ」

抱き付いて泣き出すエルシーの背中を撫で、ノアの硬かった表情が和らいでいく。

何度も「ごめん」と謝るノアの声が微かに震える。

間近にいるエミリアからは、ノアが零れ落ちそうになる涙を堪えているのが分かり、胸の奥が締め付けられるように痛くなった。

（……ノアは彼女のことが好きだったんだ。呪いがなければ二人は結ばれたのかな）

これは過去の光景。

旅立つのはエミリアと出会う以前の、過去のノアだ。

過去の出来事だと理解しても、エミリアの胸の奥はぎゅうっっと締め付けられるように息苦しくなり、チクチクと針で突く痛みを放つ。

痛む胸に手を当てて、別れの抱擁をする二人のやり取りをエミリアはただ見守るしかなかった。

＊＊＊

王都の片隅、貴族の邸宅がならぶ一角の外れに建つグランデ伯爵家のタウンハウス。

タウンハウスを訪ねた二人の令嬢は、立ち塞がる執事に阻まれて玄関ホールから先へ進むことが出来ずにいた。

「だから、静かにしているって言っているじゃない。顔を見るだけでも駄目なの？」

「お嬢様の魔力回路が安定せず、静かな環境での休養が必要です。今はお引き取りください」

言葉の中に「うるさいから帰ってくれ」という拒否を含ませて、作り笑顔と分かる笑みを張り付けてノアはやんわりと見舞いを断る。

「クレアさん、仕方ないわ。エミリアさんが目覚めて起き上がれるようになったら、屋敷へ連絡してください。しばらくの間、わたくしも王都に滞在する予定です」

「イブリアさんがそう言うなら……わたしもエミリアさんの目が覚めるまでは王都に残ります」

「お嬢様がお目覚めになりましたら、連絡いたします」

お見舞いの花束だけ受け取り、待機させていた馬車に乗り込んでいくイブリアとクレアへ向けて、執事の面を張り付けたノアは頭を下げる。

門を出て行った馬車が曲がり角を通り過ぎ、玄関前から見えなくなるとノアは玄関扉を閉めた。

タウンハウスの中でも、日当たりの良い部屋の中央に置かれたベッドの天蓋から垂れさがる薄布を掻き分け、ベッドで眠り続けるエミリアの寝顔を確認したノアは目を細めた。

魔王の欠片を倒した後、意識を失ったエミリアの中へ聖剣の力を戻したのに、乱れてしまった彼女の魂と魔力回路は不安定のまま。

魔王の欠片を倒してから三日。未だにエミリアの意識は戻らない。

「イブリア嬢とクレア嬢が見舞いに来てくださいました。よいご友人に恵まれましたね」

頬を撫でたノアの指先が、目蓋を閉じたままの目尻から溢(あふ)れる涙をそっと拭う。

エミリアの睫毛がビクリと揺れて、魂と体を繋ぎとめていた魔力が徐々に変化していった。

「やっと、定着したか」

エミリアの全身を覆っていた魔力が全て、彼女の心臓へ吸収されているのを確認したノアは、赤くなった目元を片手で覆った。

涙が止まったエミリアは、無意識のままノアの手のひらに頬を擦り付けて甘える。

「お嬢様……エミリア。幸せになってもらうまでは逝かせない。今度こそ君を助ける」

頬を包み込む手はそのまま、眠るエミリアに覆いかぶさったノアは彼女の唇にそっと口付けた。

細胞を蘇らせるための生命力が、重なった唇からエミリアの体へと流れ込んでいく。

吐息と一緒に唇から吹き込まれた生命力は、死路へ歩み出していたエミリアの全身へ、指先まで広がっていき冷たかった四肢の先にも体温が戻っていった。

「う……ぅう、ごほっ」

唇が離れていき、口を開いたエミリアが吸い込んだ空気は冷たく、乾燥した口腔内にとって強い刺激となり咳き込んだ。

ポタッ、エミリアの頬に生温かい雫が落ちる。

「お嬢様。よかった……」

(……ノア?)

深い眠りの淵に落ちていたエミリアの意識が少しずつ浮上していく。

目蓋を開きたいのに目蓋は接着したように動かず、ノアが握る手を動かして握り返したいのに力が入らず、口を動かしても声が音となって出てこない。

(ノア、声が、出ないよ)

声が出なくとも、エミリアの意思を読み取ったノアは握っていた手を下ろし、自分の目元を人差し指で拭った。

「黄泉へと旅立とうとする魂を現世に留めた影響です。魂と肉体が馴染みきるまで動けないでしょう」

ずれた掛布をエミリアの胸元まで上げて、ノアは深い息を吐く。

「貴女の魂に負担がかかってしまうのに、俺は……貴女を死なせたくなかった」

自嘲の笑みを浮かべたノアは、部屋の外の気配に気が付き握っていたエミリアの手をそっと離す。

「今はもう少し眠ってください。目覚めたら全てお話しします。私が何者なのか……貴女が回帰した理由、グランデ伯爵家があの教師に狙われた理由、全てを」

ベッドの端に手をつき立ち上がったノアは、エミリアの目蓋に指先で触れる。

「だから今は、ゆっくりと休んでください」

(待って、もう起きなきゃ……)

起きたいと思うのに、エミリアの意識は再び眠りへと落ちていった。


翌日。三日間眠っていたことによる筋肉の強張りこそ残ったものの、全身の魔力回路が回復するとエミリアの体調はすぐに良くなった。

凝り固まった筋肉は、徐々に回復していくだろうと、往診にやって来た医師は診断した。

気分転換に庭を散歩するエミリアの後ろを、ノアと二人のメイドが付き従う。

走ってやって来る足音と気配に気付いたノアが立ち止まった。

「何用ですか?」

「おわっ！　危なっ！」

広げたノアの手にぶつかりそうになったダルスは、脚に力を入れて急停止する。

「いきなり何するんだよ！」

睨み付けても涼しい顔をしているノアの横をすり抜け、きょとんとするエミリアの手を掴んだ。

「エミリア！　歩き回るなって言っただろう」

「此処は敷地内だし、庭を散歩するくらいいいでしょう」

「駄目だ。また倒れたらどうするんだよ」

頭の先から足元まで見下ろし、エミリアの体調に異変はないか確認して、ダルスは息を吐いた。

「倒れるとか、大袈裟だよ」

「大袈裟じゃない」

苦笑いするエミリアに対してダルスは渋面になる。

二日前、エミリアが目覚めたという知らせを受けて、駆け付けたダルスは上半身を起こしていた彼女の姿を目にした途端、人目をはばからず涙した。

以降、少し引くくらい「心配性な弟」になってしまったのだ。

学園の後始末に奔走する学園長とアレックスに呼ばれ、学園と王宮を行き来する以外の時間はエミリアに張り付き、何かと行動を制限しようとする。

「坊ちゃん」

するりと二人の間に入ったノアは、エミリアの手を掴んでいるダルスの手を流れる動作で外す。

「お嬢様の側には私が付いています。療養中といえども気分転換も必要ですよ。ああ、坊ちゃんはお嬢様がお目覚めになったのを目にして、号泣したくらい心配されていましたからね」

口角を上げたノアはわざとらしく鼻で嗤う。

目と口を開いて固まったダルスの全身は一気に真っ赤に染まった。

「あ、あの時は、エミリアが二度と起きないかもしれないと思っていたから、もういいだろっ！」

「あれほど泣かれたのは、初めて私からお仕置きを受けた時以来でしたか。あの時はお漏らしまでしていましたね」

「なんっ、あれは子どもの俺に殺気まで向けてきたお前が悪いだろう！」

真っ赤な顔でノアに言い返すダルスは、大型犬と対峙し一生懸命吠えている子犬に見えてくる。

二人のやり取りを微笑ましく思い、口元に手を当てたエミリアは微笑んだ。

散歩を終えて、メイドが用意した冷たい蜂蜜入りのレモン水を飲みエミリアは一息ついた。

向かいに座るダルスが硝子のコップをコースターに置いたタイミングでエミリアは口を開いた。

「……二人に聞きたいことがあるの。私が倒れた後のこと。皆が無事だったことは教えてくれたけれど、学園と例の封印がどうなったのか、そろそろ教えてくれてもいいんじゃない？」

「あー、それはだな」

視線を彷徨わせて、エミリアの後ろに立つノアを交互に見た後、ダルスは息を吐いた。

ダルスが口を開く前に、ノアはメイド達に目配せをして下がらせる。

「あの戦闘で学園は講堂が全壊して大穴が開いたし、校舎も半壊したかた半年間休校になった。校舎が半壊した表向きの理由は、結界に綻びが生じて演習場から魔物が流入したからだって発表された。結界に綻びを生じさせた原因は、教師が非人道的な実験をしたためだと、正式に発表されたよ」

「非人道的な実験？　その教師は、トルース先生？」

「そうだ」

「トルースは捕らえられ、裁判にかけられ処罰される。トルースの奴は生きていたんだよ。あのムカつくイーサンとシンシアも生きていたんだ。二人はトルースの実験を幇助して学園内の風紀を乱したって、捕らえられたよ。怪我の治療が終わったら裁判にかけられる」

「トルース先生が生きていた？　イーサン様とシンシアさんも助かったのね」

あれほど強い瘴気に蝕まれていたイーサンとシンシアが助かったとは。

魔王の欠片に喰われたトルースが生きていたのは、人知を超えた奇跡が起きなければ有り得ない。

そこまで考え、エミリアはあることに気付く。

「ノア、何かしたの？」

奇跡を起こせる存在が、ノアが持つ神が作ったという聖剣の力があれば可能かもしれない。

「あの女子と元婚約者殿は、体を蝕んでいた瘴気を払い拾い上げて最低限の状態回復をしただけです。瘴気に侵された痕は全身に残った上に、多くの男子生徒を誘惑して将来を潰したとして、女子の方は重い罰に処されるでしょうね。元婚約者の方は、ケンジット侯爵もさすがに切り捨てるでしょう。もう二度と二人はお嬢様の前に現れないと思いますよ」

にっこり、という効果音が聞こえてきそうな笑顔でノアは答える。

「アレに喰われた教師の方、不老不死の研究として様々な実験を行っていたことが幸いしたようです。例えば、魔物や他種族の細胞を体に取り込むという実験や、貧民街の子どもを助手として引き取りキメラを造る実験を試していたようです」

「ひどい……」

生徒達に慕われていたトルースの裏の顔を知れば知るほど怒りが湧きおこってくる。

前のエミリアが破滅したのにも、トルースが関与しているのだろう。

「実験の成果と胃の中で消化される前に私が魔王の欠片を倒したことで、かろうじて生き延びていました。五体満足ではありませんし、傷が癒えても知性が残るか分かりませんが、生きている以上犯した罪を償わなければなりません」

「そ、そうね」

笑顔で言うノアから冷酷な感情を感じ取り、エミリアの背筋に冷たいものが走り抜けた。

「そっちの処理は学園長と王太子がやるだろう。ああ、そうだった。王太子に呼ばれて王宮へ行った時、イブリア嬢とクレア嬢がやってきてエミリアのことを聞かれたよ。元気になったら見舞いに来たいって言っていたな」

「イブリアさんとクレアさんが？」

気になっていた友人達の名前を聞き、エミリアの冷たくなっていた指先に体温が戻ってくる。

「私も二人に会いたいな。駄目？」

「……お嬢様の体力がもう少し戻ったら考えましょう」

真っすぐに問うエミリアの期待に満ちた瞳に見上げられ、ノアには目蓋を閉じて頷いた。

トントントントン。

ノックの音に続き、入室したのはダルスのお目付け役として付いている侍従だった。

「火急の用だそうです」

「あ？」

侍従が差し出した封筒を開いたダルスの表情が硬くなっていく。

報告書の内容に目を通したダルスは、苛立ちの勢いで立ち上がると報告書を握り潰した。

「部下達が迅速に対応しましたが、決断は坊ちゃんがした方がいいと思いましてね」

「お前っ、こうなると分かっていたのか？」

「ええ。病み上がりのお嬢様に処理をお願いするわけにはいきませんでしょう」

涼しい顔で言うノアを睨んだダルスは、状況の把握が出来ずにキョトンとしているエミリアを見た後、侍従に「すぐに行く」と短く告げて居間から出て行った。

「ノア、何が起きたの？」

「坊ちゃんに任せておけば大丈夫ですよ」

はぐらかされたと分かり何度か訊ねても、ノアは何が起きたのかは教えてくれなかった。

居間から出て行ったダルスは夕食の時間になっても戻らず、夕食を食べ終わった後になりノアからグランデ伯爵家へ戻ったことを告げられた。

古くからグランデ伯爵家に仕えている家令が、火急の用だと連絡してくるということは、彼だけでは処置できない不測の事態、次期当主の権限が必要な事態が起きたのだ。

苛立ったダルスの様子から考えられることは、現グランデ伯爵の父親か継母のどちらか、あるいは両方が大きな揉め事を起こしたのか。

（破滅回避は全て出来たはずだわ。どうすればいいのか、決断しなければならないわね）

ラベンダーの香りがする湯船に浸かり、エミリアは湯気が立ち込める浴室内を見上げた。

「ノア」

入浴を済ませて後は眠るだけとなり、メイド達が部屋から出て行き扉が閉まったタイミングで、エミリアはノアのジャケットの裾を掴んだ。

「お嬢様？　どうされましたか？」

「私はもう元気になったよ」

不意打ちだった言葉の意味を瞬時に理解出来ず、呆けた表情となったノアは目を瞬かせる。

「まだ教えてくれないの？　貴方が誰なのか。私の時が巻き戻った理由を」

「それは……分かりました」

ジャケットの裾からエミリアの手を外したノアは、ソファーへと彼女をエスコートする。

「お嬢様、これを」

エミリアの肩にショールをかけ、ノアは壁際に置かれている椅子を移動させて座った。

「ノア」

話すことを迷っているノアと視線をしっかり合わせ、意を決したエミリアは口を開いた。

「貴方は、魔王の欠片を倒したノアは、古の勇者様？」

夢に見た過去の光景と、学園で魔王の欠片と戦ったノアが手にしていた聖剣。

それらを整理すると、彼は聖女を守る聖騎士ではなく古の勇者の姿と一致していた。

「お嬢様、古の勇者は魔王との戦いで死んだのですよ。魔王から呪いを受けた私には、勇者と呼ばれる資格はありません。聖女によって封印された、魔王の欠片を監視する者です」

「では、別のことを聞くわ。前の私、イーサン様から婚約破棄をされて学園を追放された私は、グランデ伯爵領へ戻ってすぐに起きた領民達の反乱から逃れ、最果て地の修道院へ追いやられたわ。そして、病にかかり病死したはずよ。どうして、私は九歳の時に巻き戻ったの？　ノアが、旅人さんが何かしたの？」

「お嬢様が回帰したのは、貴女が病に倒れた時空の私が聖剣の力を使ったからです」

「回帰前の時空のノアが？」

頷いたノアは胸の前に両手のひらを出し、魔力を集中させる。

金色の魔力が縦長になっていき、両手のひらの上に鞘に入った聖剣として現れた。

「この聖剣は本来の力を失い、今は魔力を帯びることのできる切れ味の良い剣と化しています。神が与えし奇跡の力は、お嬢様の中に在ります。黄泉へと旅立とうとしたお嬢様を現世に留まらせ、やり直しを望んだ時へと回帰させたのも聖剣の力です」

ノアの手の上に乗っていた聖剣は、金色の燐光を撒き散らし溶け入るように消えていった。

金色の燐光が全て消えると、影響を受けた魔石を内蔵した照明から光が消えて、室内を照らす光は月明かりのみとなった。

「お嬢様を回帰させた時空の私と、今の私は同じノアでも違う存在です。彼の行動理由、回帰させた理由は憶測でしかありませんが、カルロス・グランデの子孫であるお嬢様を救おうとして、救えなかった懺悔からでしょうか。あるいは、懐かしかったのかもしれませんね」

「懐かしい？」

「貴女の中にカルロスと彼女の面影を見つけたのでしょう。九年前、突然力を失った聖剣の異変を探る私の中に経験していないはずの記憶が湧き上がってきたことで、違う時空の自分が禁忌を犯したと知りました。原因究明のため各国を回り、この国へやって来た。幼いお嬢様の内から聖剣の力を感じ取り、貴女を回帰させたのは違う時空の私で、聖剣の力によって貴女は現世に命を留めているのだと理解しました」

言い終えたノアは目蓋を伏せ、重ねて膝の上に置いた自分の手を見る。

「私を蘇らせ回帰させたのは、聖剣の力……だからあの時、私は倒れたのね」

「聖剣の力を抜けば、お嬢様に苦痛を与えてしまうと分かっていましたが、魔王の欠片を倒すためには聖剣本来の力が必要だったのです。申し訳ありませんでした」

目覚めてから何回目かの謝罪の言葉と共に、ノアは深々と頭を下げた。

「謝罪はもういいから、頭を上げて」

「グランデ伯爵家はかつての仲間、カルロスの子孫であり彼女の子孫でもあり、聖なる力を与えられた湖の管理を行う役目を与えられた守護者の一族です。お嬢様を狙った教師はこの地に封じられていた魔王の欠片の封印を破るために、守護者の力を弱めようと考えたのでしょう。あの教師は、グランデ伯爵と同級生でした。友人関係ならば、精神に干渉し堕落させ魂を穢すことも可能です」

「お父様は学生の頃から歪められていた、ということ？」

記憶の中を探ってもエミリアが抱く父親の評価は、家令に領地経営を押し付け酒と女と賭け事に溺れるろくでなしだ。しかし、古くから仕えている使用人からは、学生時代の父親は真面目で先代当主からも期待されていたのだと聞いたことがあった。

「心の弱さに付け込まれたのでしょう。グランデ伯爵家の社交界での評判が悪くなったのは、現グランデ伯爵が爵位を継いでからですから。伯爵を贄にしようとして失敗した教師は、お嬢様と坊ちゃんに目を付けた。お嬢様と同年代で、一定以上の力を持ち暗示にかかりやすい生徒を探し続け、適合したのはあの女子生徒だったということです」

「シンシアさんとイーサン様もある意味被害者だったのね」

「教師の企みに気が付かず、お嬢様を何度も危険にさらしてしまい申し訳ありま」

「違う！」

謝罪の言葉を最後まで言わせないよう、エミリアはノアの言葉にかぶせて言い放つ。

ソファーから立ち上がり、椅子に座るノアの前まで行くと身を屈めて驚く彼の手を握った。

「ノアはずっと私を守っていてくれた。ダルスのことも、お父様のように享楽に負けないよう、誘惑を撥ね退けられるように心身を鍛えてくれたんでしょう？　もう謝らないで。貴方が側にいてくれたから、今の私は破滅を回避できたし信頼できる人達がいっぱいできたのよ」

ポロリ、エミリアの瞳から溢れ出てきた涙は、両手で握ったノアの指先に落ちる。

「ノア、ずっと守ってくれて、側に居てくれてありがとう」

「私の方こそ……」

震える声を絞り出したノアの白目がみるみるうちに赤く染まっていく。

「魔王の封印を監視するためだけに生きていた私に、生きる理由と守るべき存在を与えてくれた。

失った聖剣の力を探す目的でお嬢様と出会い、貴女から雇用契約を持ち掛けられた時に、色を失っていた私の世界に色彩が戻った。礼を言わなければならないのは私の方です」

ゆっくりと立ち上がったノアは、そっとエミリアの指先に口付けを落とした。

雲の間から十六夜の月が顔を覗かせ、カーテンの隙間から室内へと金色の月明かりが射し込む。

室内へ射し込む月明かりがノアを照らして、勇者から愛の口付けを受けるエミリアを祝福しているように感じて、心臓は早鐘を打ち全身の熱が上がっていくのだ。

「お嬢様、どうか幸せになってください」

優しく微笑んだノアは今にも泣き出しそうに瞳を潤ませ、高鳴っていたエミリアの胸の奥は針で突くような痛みが生じた。

(どうして、そんな顔で言うの？　まるで、もうすぐさよならするみたいじゃない)

しばらく見つめ合った後、突然湧き上がって来た羞恥心によってエミリアが半歩下がれば、追い縋ることなくノアの手は離れていった。

エピローグ　貴方と一緒に

王都の中心部、聖女の像が建つ広場の周辺にはお洒落な服飾店や飲食店が建ち並ぶ。

広場に隣接するカフェには多くの若者が集まり、旬のフルーツを使用したスイーツを食べながら会話を楽しんでいた。

「エミリアさんが元気になってよかったわ」

「ありがとう」

快気祝いにと、以前エミリアが「いつか行きたい」と漏らしていた王都で人気のカフェ。

カフェの二階をイブリアが貸し切り、快気祝いお茶会を開いてくれたのだ。

「執事が失礼な態度をとったと聞きました。本当にごめんなさい」

「彼は貴女の体調を思い、当然のことをしたのですから謝らないでください。わたくしこそ謝らなければならないわ。貴女が大変な目に遭っている時に何も出来なかったのですから」

見舞いに来てくれたのに、ノアが追い返してしまったことを詫びるエミリアへ、イブリアは苦笑いを返す。

「イブリアさんは避難誘導をされていたでしょう。イブリアさんと殿下の迅速な対応で、多くの生徒達が救われたと聞きました」

「とっさに避難誘導できたのは、アレック、その、殿下のお力ですわ」

アレックスの名前を言いかけ、イブリアは軽く咳ばらいをする。

先日、軽装のイブリアとアレックスの二人がお忍びデートを楽しんでいた、という内容の新聞記事を読んだ。

仲睦まじいイブリアとアレックスの様子から、前の時空ではやはりトルースから魅了の力を授かったシンシアの存在が、二人の関係に悪影響を与えていたのだろう。

「学園の修復工事も始まり、仮校舎が完成したら授業も再開されますね。仮校舎完成は二月後、と聞きました。学園の再開が楽しみですね」

声を弾ませるクレアの言葉に、眉尻を下げたエミリアは皿へフォークを置く。

「イブリアさん、クレアさん、そのことなんだけど……」

申し訳なさそうにエミリアが告げた内容に、イブリアとクレアの動きが止まる。

「「ええっ!?」」

数秒の沈黙の後、驚愕の表情となったイブリアとクレアは同時に声を上げた。

＊＊＊

今朝の新聞に載っていた天気予報に書かれていた通り、通り雨は一時間足らずで止み雨雲が消えた空に、青空が広がり始めていた。

（今頃、お嬢様はご友人達と買い物を楽しんでいるはずだ）

　空を見上げていたノアの口元には笑みが浮かぶ。

「おい、本当に行くのかよ」

　タウンハウスの玄関の前に立つダルスは冒険者装束のノアの背中へ声をかけた。

「ああ、坊ちゃんが戻って来たら此処を離れようと決めていたからな。それに、のんびりしていたらご友人と出掛けたお嬢様が帰って来る。顔を見たら、行く気が失せてしまう」

「お前が出て行ったって知ったら、エミリアは泣くと思うけどな」

　はぁーと、ダルスはわざとらしい溜息を吐く。

「……お嬢様を破滅させるものは排除した。契約はもう終わりなんだよ」

「報酬はいいのか？」

　振り返ったノアは片眉を上げ、苦笑いする。

「お嬢様と坊ちゃんと過ごした月日で十分だ。伯爵家へ戻ったら、ギルドへ行くといい。俺の名前を出せばギルドマスターが力を貸してくれる。必要だろう？」

　魔塔の魔術師達に寄付金を払い、転移装置を使って移動する羽目になった原因、領地で起こった面倒ごとを思い出してダルスは渋面になった。

「あー、そうだった。まだ母親の愛人二号と三号は逃走中だ。指名手配犯としてギルドにも捕縛協力を要請するんだったわ。彼奴等、次は俺を狙ってくるだろうからな」

　面倒だとぼやいたダルスは、睡眠不足で重たい頭を軽く振る。

「たまには帰って来いよ。執事としてじゃなくて賓客として歓迎するから」

「頑張れよ」

「ああ。今までありがとう……師匠」

視線を逸らして言うダルスの頭を一撫でして、ノアはコートを翻して門へと向かって歩き出す。

見送りは不用という言いつけを守り、使用人達は窓から遠ざかっていくノアの姿を見送っていた。

「さてと、セバスとアイツに連絡するか」

視界からノアの姿が消えると、彼に撫でられた頭に手を当てたダルスは空にかかる虹を見上げた。


乗合馬車に半日揺られ、到着したのは他国との貿易船が停泊する港町。

港町へ着いた頃には夕方の時刻となっており、港から出港する連絡船の最終便に間に合わせるためノアは急ぎ足で乗り場へ向かった。

連絡船の案内所手前まで来て、急いでいたはずのノアの足がピタリと止まる。

作業員と乗客が行き交う中、見覚えのある色彩を持つ人物の姿を目にした気がしたのだ。

「……なんだ？」

数回目を瞬かせて確認しても、トランクを手にして人の間をすり抜けてやって来る少女は、ノアがよく知る彼女にしか見えない。

「遅ーい！」

少女は固まるノアの目前まで来ると、トランクを地面に置いて呆然とする彼を見上げた。

「……お嬢様？　なぜ？」

王都にいるはずのエミリアが、友人達と買い物へ出掛けているはずの彼女が突然現れた驚きのあまり、開いたままのノアの口から間の抜けた声が出る。

「ダルスからノアが王都を出たって聞いたから、来るだろう時間を予測して港で待っていたの。こんなに遅いなんて、寄り道でもしていたの？」

「それは途中で魔物と出くわしまして……お嬢様は、何故此処にいるのですか？　お友達とお買い物へ出掛けたのでは？」

迎えに来たクレアと一緒に出掛けたエミリアが、タウンハウスへ戻る予定時刻は夕方のはずだった。

「だから、先回りして此処でノアを待っていたのよ。今度こそ、私も貴方と一緒に行きたいから」

はっと息を飲んだノアの目が大きく見開かれる。

「ふふっ、作戦成功ね」

これだけ驚いたノアの顔を見たのは初めてのこと。

ダルスと二人で企み、イブリアとクレアにも協力してもらった作戦が成功した喜びから、エミリアは声を出して笑った。

往来で話をするのは目立つからと、トランクを持ったノアに連れられてエミリアは案内所の裏へと移動する。

「今すぐ王都へ戻ってください。私の目的は観光では無いのですが。共に行くのは危険です」

コートの内ポケットから懐中時計を出して、時刻を確認したノアは勢いよく時計の蓋を閉じる。

案内所周辺には連絡船の乗客が集まり出し、出港時間が迫って来てるようだった。

「ノアは魔王の欠片の監視に行くんだよね？」

「ええ。一部が復活したことで、他の欠片も活性化することが予想されますし」

「魔王の欠片と戦うには聖剣の力が必要でしょう？　私が一緒にいた方がいいでしょう？」

「しかし」

背伸びをしたエミリアはノアの唇に人差し指を押し当てて、続くであろう拒否の言葉を止める。

「お父様達のことは知っているでしょう？　ダルスのことは気がかりだけど、きっとギルドの皆が守ってくれる。貴方もダルスが困らないように手を打ってあるでしょう？　前の私を懺悔の気持ちで助けたっていうなら、まだやることが残っているわよ」

唇に押し当てられていたエミリアの指を優しく外し、ノアは視線を下げる。

「ですが、お嬢様との契約は終わっています」

「私はまだやりたいことの全てを叶えていないの。前の私が今際の時に考えたことはね、『世界を見て回りたい』だったんだ。だから、家と領地と学園生活、全ての破滅を回避したら世界を旅しようと思っていた。ノアが一緒に行ってくれなくても、一人で国外へ出るつもりだから！」

意気揚々とワンピースのポケットからエミリアが取り出して見せたのは、これから出向する定期船の乗車券だった。

「……お嬢様一人で旅立たせるわけにはいきません。仕方ないな。共に、参りましょう」

説得を諦め、溜息を吐いたノアは片手で顔を覆った。

最終の連絡船ということで、乗り場の桟橋を通り多くの乗客が船内へと乗り込んでいく。

「こんなにも多くの人が隣国へ渡るのね」

舷縁に肘をついて乗客の様子を眺めていたエミリアは、背後の気配に気付いて振り返った。

「そろそろ中へ入りましょう。体が冷えてしまいます」

「大丈夫だよ」

桟橋へと視線を戻すエミリアの隣へ並び、長い髪を海風に揺らす彼女の横顔を見詰める。

「本当に、本当によろしいのですか？　他の令嬢と同じ様に、学園を卒業して縁ある者へと嫁ぐか、坊ちゃんと共に領地運営をされる道もあるのに、私と行くなどと……後悔しても知りませんよ」

何度目かの確認の言葉を口にするノアを、ムッと眉を寄せたエミリアが睨む。

「後悔しないって言っているでしょう。領地経営は魅力的だけど、私がノアの知らない相手と結婚してもいいの？」

「よくは、ありません」

言葉に詰まり暫時考えた後、絞り出すような声でノアは答えた。

満足いく答えを聞いたエミリアは破顔一笑する。

「大丈夫。ノアか、それ以上の人じゃないと結婚しないから」

「……は？」

「あっ、もう出航みたいよー！」

船着き場から手を振り、連絡船を見送る人々に手を振り返すエミリアの横で、出航を告げる汽笛が鳴るまでノアはその場から動けずに固まっていた。

汽笛が鳴り響く中、動力源の一つとなっている船首に取り付けられている魔石が輝き出し、船体はゆっくりと港から離れていく。

海風で舞う髪を耳に掛けたエミリアは、未だ俯いたまま固まっているノアのコートの裾を掴んだ。

「そうだ、エルシーという女の人は誰？」

問いかけられたノアは、目を開いて驚き半歩下がった。

「何故、彼女の名前を？」

「えーっと、色々あって、眠っている間にカルロス・グランデの記憶のようなものを見たんだ」

眠っている間に見た過去の映像は、おそらく聖剣に刻まれた記憶なのだろう。

どう説明したらいいのか分からず、エミリアはヘラリと笑って誤魔化す。

「エルシーは、私の幼馴染です。聖剣に選ばれた私と共に旅立った、姉のような存在でしたね。私がこの地を離れた後、カルロス・グランデと結ばれました。お嬢様の先祖にあたります」

目を細めたノアの瞳の中には、懐かしむ以上の感情が見え隠れしているのを感じ取り、エミリアは唇をきつく結ぶ。

「ノアはエルシーのことが好きだった？　だから、私を助けてくれた？」

「もう何百年も前のことですから。あの時の感情は色あせて、忘れてしまいました。ただ、エルシーのことを懐かしいという感情はありますね。お嬢様を助けた理由の一つにカルロスとエルシー

の子孫だということもありますが、貴女の頑張りに手を差し伸べたくなった。私のお嬢様を守りたかった、という個人的な感情があったからですよ」

「そんな答えは、狡い」

夕陽に照らされたノアの顔は赤く染まっていて、もしかしたら自分は彼にとって特別な存在になっているのかと、エミリアの胸が大きく跳ねた。

「……話が長くなってしまいましたね。そろそろ中へ入りましょう」

「うん」

差し伸べられたノアの手のひらに手を重ねれば、当然のように互いの指を絡ませて繋がれる。

真っ赤な顔を長い髪で隠しながら、ノアに手を引かれてエミリアは客室へと向かった。

＊＊＊

夕焼けの茜色に染まる空と棚の上にある置時計を交互に見て、ダルスは手に持っている書類の束を机上に置いた。

「エミリアは無事に連絡船に乗ったころか」

侍従に確保させた連絡船の出航時刻は過ぎており、今頃、人騒がせなエミリアはノアと一緒に船上に居るのだろうか。

ノアと一緒に居るのなら危険は無いだろうが、二人っきりで過ごしているのかと思うと胸の奥がムカムカしてくる。

「お嬢様を行かせてよろしかったのですか？　ひっ」

悶々としているのを察せず、余計なことを問う侍従をダルスは思いっきり睨んだ。

「くっ……彼奴と一緒になんて、行かせたくなかったさ」

何度もダルスの掘った落とし穴に引っ掛かるくらい、危機意識の弱いエミリアのことが心配だからこそダルスは彼女に気付かれないよう、近付く男を排除して守って来たというのに、師匠でもあるノアに奪われるとは。悔しくてギリギリと奥歯を噛み締める。

「あんな真剣な顔で言われたら、行かせたくなくても止められないだろう。エミリアがずっと彼奴を慕っているのは分かっていたし」

執務椅子の背凭れに凭れ掛かり、目蓋を閉じたダルスは領地から戻った日の夜、普段と違う雰囲気を纏ったエミリアが自室を訪ねて来た時のことを思い返していた。


『はぁ!?　お前、何言っているんだよ！』

夜間だということも忘れ、驚きのあまりダルスは声を張り上げた。

寝間着姿のエミリアが大事そうに抱えて持って来た書類に書かれていたのは、休学手続きを受領したという学園長のサインだったからだ。

『今日、学園長とジョージ先生と相談して、受理してもらったわ』

『学園を休学するなんて、どういうつもりだ！』

受け取った書類を感情のまま、ダルスは勢いよく机に叩きつけた。

『何で、何で俺には相談してくれなかったんだよ。ノアには相談したんだろう』

休学についてではなく、事前に相談してくれなかったことの衝撃が強くて、ダルスの声は段々と尻つぼみになっていく。

『ごめんね。ダルスは絶対に反対すると思ったし、貴方、領地へ帰っていたじゃない。あと、ノアには話していないわ。私、ノアと一緒に行くって決めたから』

言われてから、屋敷内にノアの気配が無いことに気が付いた。

屋敷内に居たら、ダルスがエミリアに向かって声を荒げた瞬間、部屋へ駆け付けていただろう。

『ダルスはこれからどうする？　お父様の容態はどうだったの？　回復しそうだって？』

『一命は取り留めても、体の麻痺は残るってさ。あれではもう隠居させるしかないだろう』

毒に侵されて黒く変色した皮膚と、右半身と下半身を動かせずベッドに横たわる父親の弱弱しい姿は、関わりは薄く肉親の情も大して抱いていないダルスでも少しだけ憐れに思った。

『自業自得でも、一応父親だしな』

領地を任していた家令がダルスへ寄越した火急の用は、『母親と愛人の男達が共謀して父親を殺害しようとして毒を盛ったため、伯爵の代理が必要になった』という内容だった。

『首謀者の母親は、支離滅裂なことを言っていて取り調べも出来ない状況だし、このまま牢に入れて実行犯の女と指示した母親の愛人達を犯人にして処罰することになる。愛人達数人と遊んでいる時に毒を盛られるとか、父親は馬鹿だったとしか思えない』

『領地のことは、卒業までセバスに任せたら？　私はダルスには学園生活を楽しんで欲しいよ』

『エミリアが休学するなら学園に残るつもりは無い』

きっぱり言い切れば、口を閉ざしたエミリアの眉間に皺が寄っていく。

『倒れた父親に代わりグランデ伯爵家を継ぐという理由は、自主退学の理由として十分だろ』

貴族令息が家督を相続するために学園を退学することは、何一つ後ろめたいことなど何もない真っ当な理由だ。恥ずべきことも無く、ダルスの評価は上がる。

『ダルス』

神妙な面持ちで考え込んでいたエミリアは、顔を上げてダルスと視線を合わせてから口を開いた。

『私が行っていた水源の管理は、ギルドに依頼して代理で管理をしてもらっているの。だから、お父様が隠居されても大丈夫なはずよ。別邸のみんなもダルスに協力してくれるはずだしね。あとは……』

『エミリア』

肩に手を添えれば、エミリアはビクリと体を揺らした。

『別邸のお前の部屋はそのままで、きれいに掃除されていたよ。俺も使用人達も皆待っているから、絶対に帰って来いよ。彼奴と、ノアと一緒に』

『うん。ありがとう』

無理矢理笑おうとしたエミリアの瞳から、堪えきれない涙が零れ落ちた。

「無事に、戻って来いよ」

目蓋を開いたダルスは、茜色から紫紺色へと変化していく空へ視線を向けて、自分だけに聞こえる声で呟いた。


世界中を旅して手に入れた、大量の「お土産」という名の希少アイテムを抱えたエミリアが、ノアと共にグランデ伯爵となったダルスの元へ戻って来るのは、それから二年後のこと。

傍から見れば、ノアへの好意はバレバレなのに積極的になり切れないエミリアと、執事兼護衛の立場から恋人未満兼保護者な立場になったノア、といった焦れったい二人の関係を確認して、呆れつつもダルスは安堵したのだった。

この作品に対する皆様のご意見・ご感想をお待ちしております。

おハガキ・お手紙は以下の宛先にお送りください。

【宛先】

〒150-6008 東京都渋谷区恵比寿4-20-3 恵比寿ｶﾞｰﾃﾞﾝﾌﾟﾚｲｽﾀﾜｰ8F
（株）アルファポリス　書籍感想係

メールフォームでのご意見・ご感想は右のＱＲコードから、
あるいは以下のワードで検索をかけてください。

ご感想はこちらから

本書は、「アルファポリス」（https://www.alphapolis.co.jp/）に掲載されていたものを、改題、改稿、加筆のうえ、書籍化したものです。

もう当て馬になるのはごめんです！～元悪役令嬢、破滅エンドを回避する～

えっちゃん

2023年 6月 5日初版発行

編集－本丸菜々
編集長－倉持真理
発行者－梶本雄介
発行所－株式会社アルファポリス
〒150-6008 東京都渋谷区恵比寿4-20-3 恵比寿ｶﾞｰﾃﾞﾝﾌﾟﾚｲｽﾀﾜｰ8F
TEL 03-6277-1601（営業） 03-6277-1602（編集）
URL https://www.alphapolis.co.jp/
発売元－株式会社星雲社（共同出版社・流通責任出版社）
〒112-0005 東京都文京区水道1-3-30
TEL 03-3868-3275
装丁・本文イラスト－ゆのひと
装丁デザイン－AFTERGLOW
（レーベルフォーマットデザイン―ansyyqdesign）
印刷－中央精版印刷株式会社

価格はカバーに表示されてあります。

落丁乱丁の場合はアルファポリスまでご連絡ください。

送料は小社負担でお取り替えします。

ISBN 978-4-434-32061-3 C0093